华北科技学院建校30周年

纪念文集之二

XINLING DE GESHENG

心灵的歌声

华北科技学院党委宣传部　主编

知识产权出版社

全国百佳图书出版单位

图书在版编目(CIP)数据

心灵的歌声/华北科技学院党委宣传部主编. —北京:知识产权出版社,
2014.9

ISBN 978-7-5130-2954-4

Ⅰ.①心… Ⅱ.①华… Ⅲ.①诗集—中国—当代 ②散文集—中国—当代
③小说集—中国—当代 Ⅳ.①I217.1

中国版本图书馆 CIP 数据核字(2014)第 205468 号

责任编辑:宋 云　　　　　　责任校对:韩秀天
封面设计:张 冀　　　　　　责任出版:刘译文

心灵的歌声

华北科技学院党委宣传部　主编

出版发行:	知识产权出版社 有限责任公司	网　址:	http://www.ipph.cn
社　址:	北京市海淀区马甸南村 1 号	邮　编:	100088
责编电话:	010-82000860 转 8388	责编邮箱:	songyun@cnipr.com
发行电话:	82000860 转 8101/8102	发行传真:	010-82000893/82005070/82000270
印　刷:	北京科信印刷有限公司	经　销:	各大网上书店、新华书店及相关专业书店
开　本:	787mm×1092mm　1/16	印　张:	12.25
版　次:	2014 年 9 月第 1 版	印　次:	2014 年 9 月第 1 次印刷
字　数:	170 千字	定　价:	38.00 元

ISBN 978-7-5130-2954-4

编　委　会

主　编：华北科技学院党委宣传部

编　委：（以姓氏笔画为序）

丁　容　马丽红　王　娇　王　彬　王水莲　王合芹

王亚婧　王家豪　王瑞艳　计伊朵　邓雅蔓　石　镇

冯艳菊　李　由　李　仙　李小娟　刘四红　刘尔鸿

刘笑笑　刘嘉威　羊　蓉　朱翔宇　吴世兰　张　比

邱　莹　柳　取　凌凡菊　郭祥倩　郭　鹏　栾　洁

曹媛媛　揭　欢　覃庆松　蓝乐意　谢恩菊　虞　政

序

身处河流之中，你常常感觉不到它的流动。但如果将目光稍微放得长远一些，你就会发现多么巨大的变化已经发生。

三十年，一段划过的时光。

三十年光阴，见证了华北科技学院脚踏实地的跋涉，记录了她孜孜以求、发展成长的轨迹。三十年前，荒芜的土地上学基初奠；三十年后，这里已是学术气氛浓郁的求学殿堂。三十年前，煤干院分院在这里诞生；三十年后，华北科技学院正秉承"自立立人，兴安安国"的校训精神，向着现代大学的目标扬帆远航。现在的华北科技学院，不仅有优美的校园环境、现代的教学设备、丰富的图书馆藏，更有广大教职工的勤勉爱岗和莘莘学子的蓬勃向上。

在纪念建校三十周年这个回顾与展望的日子，《华北科技学院建校三十周年纪念文集》与大家见面了，这是一件很有意义的事情。文集作者范围广泛，作品题材丰富。老同志的文章，回顾了上世纪80年代初在一片荒滩上搞基建、边建校边办学的经历。在职教职工的文章，表达了对教育事业的热爱，畅谈了教书育人的心得体会。青年学生的作品丰富多彩，一篇又一篇的故事、散文、诗歌，讲述了自己的学习生活，抒发了对母校的情感，憧憬着美好的未来。校友们的作品，则在回忆校园生活、回顾成长历程中表达着感恩的心。

这不禁使人联想到这样一个问题：一所高校要健康发展，成为名副其实的现代大学，靠的是什么？考察中外教育史特别是一些著名高校的历史，不难发现，文化是重要的元素。大学文化是大学的灵魂，它包括价值理念、制度体系和行为习惯等层次。其中，价值理念是最重要的。在一种崇高的、有独特意义的价值理念指导下，经过长期的建设和传承，形成了相应的制度和行为规范，有了优良的校风，这就是好的大学文化。

　　从这部纪念文集来看，无论是干部、教师的作品，还是青年学生的文章，都显示了共同的文化取向。这从一个侧面表明，华北科技学院已经初步形成了自己的文化。这就是，广大师生对国家和民族、对安全生产事业和高等教育事业的责任感，对科学和民主的尊崇，在学习工作中的求真务实，在生活态度上的乐观向上。这种文化，在多年来的办学实践中逐步形成，与当今社会的核心价值观相一致。它是刚健的，而不是萎靡的；是深沉的，而不是肤浅的；是与时俱进的，而不是故步自封的。正因为纪念文集体现了这一点，才让人格外欣慰。

　　当然，比起一些历史悠久的名校，华北科技学院的文化底蕴还不够深厚，还有待于丰富和发展。但建校三十年，这所高校已经像一个健壮的小伙子一样成长起来了。大学文化一旦形成，就是一种稳定的品质，一种生机勃勃的力量。我们有理由相信，到建校四十周年、五十周年的时候，华北科技学院一定会进一步发展壮大，具有更加成熟的、优秀的、富有特色的文化，成为真正意义上的现代大学。

　　愿师生携手，再续华章。

杨庚宇

2014 年 8 月

目　录

诗　歌　卷

散 文 卷

诗　歌　卷

光荣与梦想

——献给华北科技学院三十周年华诞的颂歌

王廷弼

序歌　风生水起

那是一个百废待兴的年代，

那是一个生机盎然的时辰。

"文革"的动乱阻断了中国前进的脚步，

外边的世界已变得日新月异五彩缤纷。

走中国特色社会主义道路，

把改革开放作为中华复兴之根本。

各行各业都在谋划振兴大计，

勤劳勇敢的煤炭人自然不愿意落后半分。

于是，春天的故事发生了，

是风生水起的年月，是艰苦创业的时分。

在广袤的京东大地，

在美丽的潮白之滨，

崛起了一座崭新的大学城，

聚拢了一批优秀的创业人。

他们在这里播种理想，

他们在这里奉献纯真，

他们在这里展望未来，

他们在这里燃烧青春。

于是，风起云涌，落英缤纷。

于是，宏图大展，美梦成真。

三十年的春花秋月，

三十年的播种耕耘，

三十年的风雨和彩霞，

三十年的奋斗和功勋。

我们创造了精彩的开局，

我们演绎了华丽的转身，

我们实现了卓越的发展，

我们迎来了而立之年——风华正茂，高天流云……

第一章　精彩的开局：北京煤炭管理干部学院分院的九年
（1984～1992）

公元一千九百八十四年的春天，

那是一个令人难忘的时间节点。

改革开放的大潮席卷着神州大地，

大干快上的东风鼓荡着时代风帆。

煤炭是关系国计民生的重要能源，

煤炭产量翻一番才能确保经济总量翻两番。

人才为基础，科技是关键——

培养各类人才的紧迫任务摆在面前。

北京市的建设用地重重受限，

北京煤干院已经没有发展空间。

在河北省三河市燕郊镇建设分院——

一份重要的论证报告放在煤炭部长面前。

完全同意——这位矿工出身的共和国部长大胆决策；

抓紧落实——这位干练豪爽的东北硬汉当机立断！

征地拆迁，三通一平——基本建设紧锣密鼓，

三年建设，一年扫尾——百年大计快马加鞭。

难忘啊，基建指挥部里彻夜不眠的灯光，

难忘啊，建设工地上车水马龙的会战；

难忘啊，于部长七次召开现场会解决难题，

难忘啊，各部门各企业出钱出物大力支援。

领导班子组建了，个个是能征善战的指挥员：

有的来自大型国有煤炭企业，

有的来自煤炭工业部司局机关，

有的是来自高等院校的领导干部，

有的是提拔上岗的优秀中青年。

教师队伍汇聚了，个个是教育战线的精英骨干：

你们来自行业内外的高等学校，带来了教书育人的成果，

我们来自厂矿企业等基层单位，带来了现场实践的经验，

他们来自各地的科研院所，带来了理论知识和动手能力，

还有新分配的大学毕业生，带来了青春的气息和容颜。

边建设，边办学——培训干部的事情刻不容缓；

建中心，办基地——安全培训的任务重如泰山。

教学系部建立起来了，麻雀虽小五脏俱全，

政工系统建立起来了，机构配套党政工团，

教辅设施建立起来了，图书电教体育场馆，

后勤保障建立起来了，运行便捷功能完善。

一个崭新的大学城矗立在潮白河畔，

一座座高耸的楼宇直插蓝天，

"煤干院"成了燕郊开发区地标式的建筑，

不少市民喜欢早晚徜徉在这美丽的校园。

学历教育班进校了，学制是成人专科三年，

定向招生班进校了，这是为企业量身定制的进修班，

专业证书班开办了，这是学历教育的补充和拓展，

各类短训班开办了，专业几乎涵盖煤炭行业的所有战线。
值得特别提及的是：中国煤矿安全技术培训中心，
由联合国开发计划署120万美元专项援建。
出国培训中方师资，互相交流技术人员，
举办各种国际会议，无偿提供信息资源，
提供高端实验设备，创办报纸《安全为天》……
这是国内最先进的安全培训中心，
具有年培训2000人的能力和条件。
无长不稳，无短不活——办学形式需要适应形势发展，
教培相长，产学结合——办学理念可以发挥潜力无限。
校园的景色越来越美，三季有花，四季常绿，
学校的氛围越来越好，书声琅琅，笑语喧天，
学校的口号越来越响：爱分院，当主人，做贡献，
学校的影响越来越大：走出国门，大洋彼岸。
事物的发展总是有起有伏，有易有难，
前进的道路不会一帆风顺，一马平川。
晴朗的天空变得乌云密布，
行驶的航船遇到暗礁浅滩。
随着成人学历补偿教育的基本结束，
学历教育的招生工作越来越难；
随着培训市场的开发开放，
举办短期培训也是步履维艰。
大量的教育资源白白闲置，发挥不了应有的作用，
学校的投入产出不成比例，无法生存何谈发展？
煤干分院向何处去？怎样才能柳暗花明风光无限？
思路决定出路，路就在脚下，
办法总比困难多，希望就在面前！

第二章　华丽的转身：华北矿业高等专科学校的九年
（1993～2001）

煤干分院的生存与发展遭遇到了瓶颈，

上级领导和学院教职工都在考虑何去何从。

——由成人高校转变为普通高等学校，

一个大胆的设想在反复酝酿中逐渐成型。

经中国统配煤矿总公司报送，

国家教育委员会批准，

在撤销华东煤炭医专的前提下，

华北矿业高等专科学校应运而生。

这是一次华丽的转身，

这是一次成功的转型，

这是从崎岖走向坦途的创举，

这是山重水复之后的柳暗花明。

华北矿专继续保留成人教育和职业培训的职能，

安全培训中心的各项工作照常运行，

学校迎来了发展道路上的第二个春天，

美好的前景激励着矿专师生奋勇前行。

华北矿专的历史上有三件特别值得记载的事情，

它们壮大了学校的综合实力，开辟了学校的锦绣前程。

第一件是学校取得了财政部的经费"户头"，

使学校有了稳定的财政来源和经费保证；

第二件是有色金属管理干部学院成功并入，

取得了"一加一大于二"的整体效应；

第三件是获批成为全国示范性高工专重点建设学校，

在高等专科学校的优秀行列里榜上有名。

取得财政部"户头"等于捧起了国家的"金饭碗"，

财政拨款与在校生人数紧紧绑定。

多少学校对此梦寐以求难以得到，
我们学校几经努力终于心想事成。
有色干院地处燕郊，距矿专有四公里路程，
这所学校规模不大但内涵充盈。
许多教师毕业自国内著名高校，
还有与澳大利亚合作办学的机制和路径。
示范性高工专是专科学校系列的"211"工程，
多少老专科志在必得亟欲成功。
华北矿业高专成立还不到五年，
就通过评估后来居上获得殊荣。
这三件大事使我们在普通高工专的序列里站稳了脚跟，
也为日后的"升本"积蓄了实力扩大了威名。
学校规模扩大了，长年在校生由一千多增加到近一万，
学校内涵增加了，呈现出"一校两园三中心"的面容；
学校地盘扩大了，由300多亩增加到600亩，
办学层次丰富了，专科、函授、岗培、中专配套成龙；
开设专业增加了，六系一部的格局渐渐成型，
学校《学报》出刊了，这是展示学术水平的窗口和喉咙。
素质教育深入人心，安排得当，
选修课程琳琅满目，百花争荣，
学生社团雨后春笋，龙腾虎跃，
体育比赛屡夺佳绩，金榜题名，
科学研究由弱变强，日新月异，
校园文化内涵丰富，远近闻名。
教学、后勤、管理、财务、人事、分配改革全面起步，
学校的发展态势如千帆竞发、高歌猛进。
跨越发展的理念破茧成蛹，
专升本的工程适时启动。

大美啊，华北矿专，

大美啊，大学新城！

春天里，碧草如茵，百花争艳，

夏日里，绿荫如盖，万木葱茏，

秋天里，丹桂飘香，果实累累，

冬日里，银白世界，雪饰青松。

礼堂里，乐曲悠扬，歌声悦耳，

操场上，互不相让，健儿拼争，

报告厅里，群情振奋，人头攒动，

图书馆里，一座难求，静谧无声。

这就是我们可爱的家园，

这就是我们心中的明灯；

这就是我们朝夕的梦想，

这就是我们无上的光荣！

母校在发展中孕育着新的蜕变，

母校在渴望中迎接着新的黎明！

第三章　卓越的发展：华北科技学院的十二年
（2002～2014）

华北矿专沐浴着新世纪的朝阳，

提高办学层次的奋进之歌在心中唱响。

升格——上位——提档，

跻身本科高校的热望在心中流淌。

国家安全监督管理局积极申报，

河北省廊坊市三河市大力相帮，

教育部热情受理认真考察，

各方专家献计献策慷慨"解囊"。

2002 年 1 月的南宁，

暖风习习，鲜花怒放，
全国高校设置评议委员会议在这里举行，
我校领导在旁边的宾馆里焦急等待心跳如狂。

消息来了，全票通过，
击掌相贺，热泪盈眶；
心潮澎湃，激动不已，
举杯欢庆，饮酒三觞。

举办专科才九年就跃升本科，
这神奇的速度弥足史册珍藏；
奋斗多年厉兵秣马积蓄力量，
瓜熟蒂落水到渠成凯歌高唱。

天逢其时——国家建设和安监事业急需高级专门人才，
地献其利——河北省本科高校数量较少亟待增强，
人备其和——上下齐心努力左右勉力帮衬，
心想事成——学校发展的新里程灿烂辉煌。

二届一次教代会明确了学院的发展方向：
建设以工科为主，以安全科技为特色，
兼有文、理、经、管的多学科社会主义现代大学，
让华科的大旗在京东大地上高高飘扬。

师资队伍壮大起来了——
硕士、博士争先恐后纷纷投帐，
专家、学者怀揣绝技走进华堂。

师资结构优化起来了——
专兼职教师达到700多人，
教授、副教授占比达到58%强。

学科门类丰富起来了——
涵盖工、理、经、管、文、法、教、艺八大门类，
三十多个本科专业阵容齐整兵强马壮。

办学层次提升起来了——
安全工程领域工程硕士专业学位顺利开办，
第二学位教育、专业学位研究生教育扬帆起航。
二级学院建立起来了——
学校由二级管理变为三级管理，
八院二部的格局架构完整运行顺畅。
软硬件设施增强起来了——
教学仪器设备总值达 1.4 亿元，
图书馆、运动场馆、学生公寓设施完备质量高档。
对外交流活跃起来了——
20 多位外国专家和教师长年在校任课，
100 多名各国留学生在我校茁壮成长。
毕业生一次性就业率提高起来了——
在校生 16 000 多人，
每年毕业生就业率保持在 90% 以上。
自立立人，兴安安国——是我们遵循的校训，
现代大学，一流基地——是我们奋斗的方向，
质量强校，特色强校——是我们不变的信条，
改革创新，继往开来——是我们矢志不渝的梦想。
我们的莘莘学子勤学笃行，桃李芬芳，
我们的毕业生建功立业，名扬八方；
我们的学校德育为首，五育并举，
我们的传统薪火相传，继承发扬。
壮美啊，华科，
华科啊，飞翔！
博观楼巍峨壮丽，
致远楼大气端庄，
明德楼飘逸灵动，

崇实楼溢彩流光。
行政楼全校大脑，
信息楼联通八方。
图书馆古朴厚重，
运动场彩旗飘扬。
大学生活动中心功能齐备，
待建的体育运动中心壮阔辉煌。
大学生管弦乐团阵容齐整，
《有志青年》杂志厚重大方，
学生社团活动方兴未艾，
老年健身体操银发飞扬。
学子啊，我亲爱的学子，
你们是祖国的接班人，你们肩负着人民的希望。
晨读中，你们孜孜不倦书声琅琅，
军训中，你们队列整齐脚步铿锵，
辩论中，你们攻守有据唇枪舌剑，
朗诵中，你们激情澎湃器宇轩昂。
博字碑前，你们紧蹙眉头深深思索，
校训石前，你们暗暗发誓胸有朝阳。
社会实践时，你们深入基层亲近群众，
生产实习时，你们动手动脑穿上工装，
毕业时，你们的学士帽、硕士帽冠盖如云，
返校时，你们事业有成名扬四方。
华科啊，我可爱的家园，
华科啊，我神圣的殿堂。
我们站在崭新的起跑线上，
我们心中憧憬着远大的理想。
在 2020 年把华科建设成华北科技大学，

光荣和梦想用大字书写在我们的旗帜上。

尾声　走向辉煌

在源远流长的历史长河中，三十年只是弹指一挥间，

在一所高校的发展史上，三十年只是刚刚起步的幼年。

请不要沉湎于精彩的开局，华丽的转身，

请不要陶醉于骄人的成就，卓越的发展。

我们度过的时光，不光是阳光明媚，也有乌云满天，

我们走过的道路，不光是鲜花陪伴，也有荆棘阻拦。

我们取得了弥足珍贵的成绩和进步，

我们也有过值得反思的失误和难堪。

与"211""985"相比，我们还有很大的差距；

对照现代大学、一流基地的目标，我们还需要奋力登攀。

历史需要一代又一代仁人志士去书写，

事业需要一棒又一棒接力选手去接班。

赵连生、刘景涛、林开源——几位初期的老领导已经仙逝，

谈开孚、谢进伸、郝玉琛——几位第一批老教授已经离去；

他们的名字和贡献永垂校史，

他们的精神和品德代代相传。

中国特色社会主义——是我们高高飘扬的旗帜，

中国特色社会主义——是我们开拓进取的指南。

实现两个"一百年"的宏伟蓝图——是我们奋斗的目标，

实现中华民族伟大复兴的中国梦——是我们力量的源泉。

骄傲吧，华科人，历史由我们翻开崭新的一页，

歌唱吧，华科人，时代给我们谱写了壮丽的诗篇；

奋斗吧，华科人，我们赶上了创造奇迹的好机遇，

前进吧，华科人，走向灿烂辉煌，走向美好明天。

——走向辉煌，走向明天！

梦想与颂歌想响前行

——庆祝建校三十周年

王存喜

京东大地，潮白河畔
诞生了一个又一个光荣梦想
一代又一代优秀创业人
在这里播种耕耘，奉献青春，誓把梦想实现

美丽的校园，严谨的校风
由成人高校到普通高专
成功的转型，华丽的变身
学校走进飞速发展的春天

教育改革的春风与学校发展的颂歌
播种点燃了超越时空的梦想
提升办学层次，实现跨越发展
天时、地利、人和，学校成功升本
颂歌书写了梦想的翩跹

"自立立人，兴安安国"的校训
建设安全特色的工科现代化大学办学理念
第二学位、卓越工程师、安全工程硕士等教育的起航扬帆

不断的教育创新，九院、两部的二级学院建立……
让学校未来更加辉煌灿烂

三十年历史积淀，三十年薪火相传
三十年培桃育李，三十年砥砺向前
承载了无数的颂歌与梦想
见证了时代的风云与变迁

每一轮日出孕育的阳光雨露
每一圈年轮完成的时空跨越
都是华科人精神与品德的续延
春华秋实绘美景，盈科后进谱新篇
华科的梦想与颂歌想响前行

华科望

林　刚

日新月异，华科情，桃李天下；
回首望，跨步跃进，师生激悦；
三十历程苦与乐，八百田园喜与忧，
莫等闲，时光逝，空叹息！

学科展，犹可望；大学路，亦未远；
看百尺竿头，更进一步。
自立立人人豪迈，兴安安国国康泰！
同携手，共奉献，华科你我共未来！

华科礼赞

王　升

我把你的历史比作传说，
任岁月的神奇妙手，
在我记忆的年轮里，
精心雕刻。
而你，一路踏歌而行，
为赶赴那辉煌的约定。

就在 1984 年，
燕山脚下，潮白河边，
你相时而动，你应运而生。
从此，大幕开启，
精彩上演。

还记得那片长满荒草的土地吗？
还记得那条满是尘土的小路吗？
还记得那喧嚣的工地吗？
还记得那只有一个班的课堂吗？
如今，这一切都成为历史。
展现眼前的是：
绿芜绕墙，百花喷香，

高楼栉比，学府芬芳。

从 1984 年到 2014 年，
三十年的光阴流转，
三十年的风雨沧桑，
三十年的书香翰墨，
三十年的薪火相传。
如今的你啊，
正站在时空的交汇处，
成为一片规划科学、学科完整、功能完备、环境优美的现代化校园。

我该怎样对你说，这片辉煌的土地。
我该怎样对你表白，你年轻生动的容颜！
我该怎样赞美你，这充满生机的校园。
当岁月之手不经意地划过三十道年轮，
你已经成长为一座灿烂的丰碑！
三十个春夏秋冬的更迭变迁，
你已经定格为华科人的梦想诗篇！

"自立立人、兴安安国"是学校的主旋律；
"严谨治学、教书育人"是教师灵魂的彰显；
"勤学、善思、力行、创新"更是为学之道的体现。
最强的斗志是十年一剑！
最美的结果是桃李满天！
今天，你终于迎来了一个新的传奇，
用执着和奋斗让奇迹再次上演。
经过教育部合格评估后，
恰逢创立三十年华诞。

不要说英雄只属于历史，
不要说辉煌只属于昨天。
太阳走过来了，
带着一片热土飞翔的信心。
三十个寒暑走过去了，
带着华科跳荡的足音。
我们走过来了，
带着历史的遗迹，
渴望创造新的辉煌，
像展翅的雄鹰，
扶摇直上。

拥抱梦想　致敬明天

—— 献礼华科三十年

王　奕

小时候，一块废弃的预制板，一块捡拾来的煤块，一个共同玩耍的小伙伴，我就以"老师"的身份开始了上课的游戏；

记忆中，一辆辆运煤的卡车，一声声采掘机的轰鸣，一处处"安全第一"的标语，组成了我成长中最美的记忆；

毕业了，面对别人羡慕的 offer，我自不为心动，直到学校的录用通知降临，我的心开始敞亮；

工作了，煤矿成长的经历引以为傲，

为煤炭行业输送人才视为己任。

我是幸运的，有梦想且践行着梦想；

我是快乐的，以煤炭为生，与学生为伴。

华科三十年，有许多和我一样有梦想有担当的老师；

华科三十年，有大批学生从这里扬帆远航、建功立业。

建校，改制，升本，申硕；

三十年历程，十年一个大跨越；

三十年历程，写就了今天的华北科技学院；

三十年历程，展现了全体师生服务于安全科技和煤炭行业的思考与决心。

心灵的歌声

面向未来
——我的梦，快乐地融入华科梦；
——华科梦，坚实地汇聚安全梦；
——安全梦，助力实现着中国梦。
伸展双臂，
拥抱梦想，
向华科的明天致敬！

三十而立，迈向新征程

——贺华北科技学院校庆三十周年

杨永利

三十年前，第一代华科人
扎根燕郊，夜以继日，开拓进取
三十年来，继往开来的华科人
栉风沐雨，砥砺前行，扎牢根基
三十年来，一代又一代华科人
秉承科教兴安理念，突出安全特色，向着高水平大学阔步前进

三十年来，华科的教师始终
行大学之道，树大师之范
载道以文，立德树人，播火传薪
三尺匠师，琢玉雕金，万株桃李竞芳香

三十年来，华科的学子竞相
勤求博采，明德至善
承文载道，立人兴安，志在四方
三山五岳播雨露，万紫千红朝霞映，乐为安全科技尖兵

忆往昔，三十年风雨兼程，我们矢志不渝
看今朝，三十年春华秋实，桃李满天栋梁材，我们为之自豪
望未来，协力共奔锦绣程，齐心共圆强国梦，我们信心满怀

心灵的歌声

相逢在华科

和俊华

时光回到 1984 年的那个春天
改革东风吹遍塞北江南
那年是一个甲子年
也正好是一个开端
一群文弱的书生在京东大地铲草为坪
从此，燕郊小镇校舍俨然

那里有一群立志煤业的先贤
还有一群怀揣梦想的青年
披荆斩棘，汗水落在潮白河的东岸
自此开始，行宫故地不再萋萋草荒
象牙塔里书声琅琅

一条条道路宽又平
一座座校舍披彩虹
一间间教室亮又明
一排排绿树迎春风
这是一片宁静的土壤
处京东一隅
撤去浮华留暗香

在这片天空下

莘莘学子不再彷徨

拳拳师恩传递能量

传道授业解惑的理想

让青春之梦扬帆远航

我们从祖国各地走来

慢慢开始爱上这个地方

读书、生活、恋爱、成长

教室里老师谆谆教导，笑容慈祥

宿舍中学生欢声笑语，激情飞扬

学子林里开卷抚读，绿荫道上漫步徜徉

一幕幕场景，一张张画面

记录着我们的快乐忧伤，见证着我们的青春过往

悄悄地，离别的脚步近了

孩子们走向工矿城乡

无论前方雨雪风霜

却，始终记得您的模样

再没有一片土地

能令人这样神往

再没有一刻时光

像在您的怀抱里这样心旌摇荡

您用温暖的臂膀护佑我

我皈依您，像溪流走向大海的宽广

我的灵魂永远在这片圣洁的土地驻长

无论走多远，再也走不出您的思念

一朝牵手，永生不忘

十年一段时光

三十年，您步履铿锵

一步一个脚印，而今锐意正图强

三十年啊，是一棵繁茂参天的大树
我是枝桠上的一片树叶
在您细心地浇灌下，成长

三十年啊，是一条通天大道
我是岁月征途里的一位路人
在您指路的手掌间，明朗

三十年啊，是一阵和煦的春风
我是您剪开的一枝绿柳
在您殷切地关心下，强壮

一个人，三十而立
一座校园，三十而桃李芬芳

一段路程，三十为一舍
一所学校，三十年正是好韶光

一颗心，三十年如一日
一段情，百年不变衷肠

我穿越三十年的时空长廊
重温您激越豪迈的历史绝唱

三十年，您言传身教，循环复往
志存高远，治学有方

峥嵘岁月薪火相传
青春之歌唱得嘹亮

三十年，您散发着智慧的光芒
教泽呈辉，兰芷齐芳
正意气风发
青春无限少年狂

三十年，您似一艘方舟乘风破浪
行健不息，长乐未央
风华正茂的好年华
安全科技特色又谱华章

因为梦想
因为希望
因为爹娘
我们相逢华科，把未来畅想

因为青春
因为志向
因为所长
我们相逢华科，胸中写下兴业安邦

因为幸运
因为缘分
因为象牙塔的力量
我们相逢华科，成为挚友同窗

心灵的歌声

感谢华科
感谢每一位师长
感谢在宿舍食堂为我们服务过的叔叔阿姨

感谢华科
感谢每一位开拓者
感谢所有人为华科的劳碌奔忙

感谢有你，感谢有我
感谢的每一句话
都是为了华科明天的希望

让我们记住华科的生日
记住一群人来自四面八方
共同把"自立立人，兴安安国"的号角吹响

三十年，我们而立，华科正朝阳
让我们许下一个约定：三十年后再来看母校华丽的盛妆

再过三十年，将是华科的六十大寿
又是一个甲子轮回
母校花甲更辉煌

不，也许只是二十年
二十年后，是华科的半个世纪
知天命的年岁
一定是校友云集，济济一堂

不，也许是十年
十年后，我们再来聚首
华北科技大学的名字已然在中华大地名扬

不是十年，不是五年
也许是每一年
一年一个新台阶，一岁一个新面庞
年轻的华科取得真经又出发
书写灿烂明天，豪情万丈

每一年我们都祝福母校
每一岁我们都歌颂华科
今天，我用一种特别的方式向星空仰望
许下一个心愿
母校永远像花儿一样——绽放

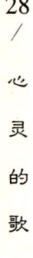

桃 李

——致华科岁月

朱 玲

我感受你蓬勃的气息
打捞你书香华语的记忆

我迷恋你晨间淡淡的薄雾
朦胧我韵律般的思绪及眼眸
每一朵云路过
你呢喃低语的倾诉常让我释然若歌

我还怀念你丁香般的矜持
自立而典雅的亭亭玉立
连随风的行礼
也是兴安悦然的万福

而朝霞婉约半遮的最先一件霓裳
修饰出夭夭灼灼的秋礼

我走不出你的岁月
回首间都是重归你怀抱的感觉

梦吟华科

刘明超

懵懂的春意窥探着繁扰的世界
泥土的气息翻腾着一场春意盎然
轻风的轨迹引领着那一方乐土
我的校园——华科，如梦，如幻……

一个人的曲径通幽带来春风化雨的洗礼
漫步在这里，遥想古今穿梭的过客
博观，致远，明德，德慧……
积极的字眼与绿色的律动交织在一起
像悠悠丝竹声，叫人忘忧，若南柯一梦
不管是到了操场、教室、食堂还是学子林
神秘的星空都笼罩着这一切
时而令人心猿深锁；时而令人豁然开朗
白天的这里人行不息，车水马龙，这些学生在干什么？
对，他们在追梦
谁说等待时机就是努力学习
这里有梦的芳草、梦的甘泉、梦的琼浆……
这里的每个人专注于自己的领域，努力尝试
独揽月下萤火，照亮一纸寂寞
天明也许只是他们停歇的蒙太奇

啊，华科，我魂牵梦绕的地方
爱的深沉可能太过俗套
但玻璃的花蕊总是那么娇娇欲人，可远观不可亵玩！

窗外的鸟儿依旧在低声吟唱
它享受万事万物对它的滋润
飞翔在天空的时间是那么动听且甜香……
华科的学子与教师在默默点缀
华科的姹紫嫣红努力地去绽放
让我们卧仰在草坪之上，放下疲惫，心怀感激
去眺望那魔幻的苍穹，是那么蓝，那么蓝……
我们认真拂拭内心的明镜台
爱　就在心中！爱　就在华科！

懂 你

——记母校

储家琛

我们在你的怀抱里成长
你的辉煌在时光里缓缓流淌
懂你
图书馆里弥漫的文笔书香
带我们发掘理想，丢掉彷徨
懂你
许愿池水总是很清凉
映出夜晚迷人的星光
懂你
激情迸发的操场
运动员是早上炽热的朝阳
懂你
节日晚会里我们张扬
青春在这里肆意绽放
你曾改变过模样
但总是我们畅游的海洋
爱你
因为你的存在
我们的日子总是晴朗

爱你
因为你的存在
我们从不怕在社会里受伤
爱你
因为你的存在
我们学会了用坚定打败迷茫
爱你
就像爱我们的老师一样
他们殷切盼望，我们昂扬向上

千轮日夜，无私奉献似灯火
万人同庆，百舸争流创辉煌
你就是灯塔里的光
引导我们驶向远方

正当年

龙艳芸

1984 年
你诞生在改革开放的浪潮里
2014 年
你年轻的生命翻开了三十岁的日历
滚烫的热血
沉稳的气魄
自信的风采
你扎根燕郊这片热土
化身责任的守望者
守望那黑色的黄金，工业的粮食
从术业有专攻到全面发展
从默默耕耘到蒸蒸日上
你见证着时代的发展
收获着崭新的希望
踏着朝阳
脚步铿锵一路歌
蜜蜂
围绕花朵
彩虹
点缀天空

青春
伴随欢笑
你是正当年的华科
吹响嘹亮的号角
昂首向前

三十而立

——庆祝华科建校三十周年

池章铭

三十而立
如花的年纪
如梦的感情
八十年代初
赋予您神圣的使命

三十而立
脸上已经留下岁月的痕迹
打开最初的行囊
您已不再囊空如洗
而是如此才华横溢

三十而立
您已是一棵苗壮的树
站成一道沉甸甸的美丽
而我在树下自由呼吸
培养爱的能力

三十而立
空气中弥漫着喜庆的气息
轻轻地吹一口气

心灵的歌声

勇敢地继续前行
脚步不再漂移

三十而立
只争朝夕

华北科技学院建校三十周年志庆

唐广枫

潮白河畔，三轶历程，赞各代园丁，以蜡烛精神，辛勤耕耘，育成桃李满天下；

首善区东，万千学子，钦众多志士，图中华兴盛，艰苦奋斗，铸就业绩利人民！

横批：培英春秋。

华北科技学院自动化专业发展侧记

张 涛

序 言

华北科技学院三十年华诞，春华秋实，硕果累累！

自动化专业经十五载发展，争妍斗艳，绽放枝头！

规 划

自动化专业发展规划、师资队伍发展规划、课程建设规划……保证了自动化专业的正确发展方向。

自动化专业一系列发展规划的制订，

离不开学院领导的高瞻远瞩、深谋远虑；

离不开兄弟院校的成熟经验、无私帮助；

离不开专业教师的热烈讨论、智慧火花；

离不开执笔人员的字斟句酌、科学阐述。

发 展

师资队伍在成长！

薛鹏骞被评为华北科技学院"教学名师"；

张涛、黄轶、甘金颖被评为华北科技学院"优秀教师"；

潘玉民、王辉俊被评为华北科技学院"优秀共产党员"；

……

教学质量在提高！

潘玉民连续五年获得华北科技学院"教学质量考核优秀";

尤文强、马红梅获得华北科技学院"教学讲课比赛一等奖";

马可获得华北科技学院"教学讲课比赛三等奖";

……

科研水平在发展!

信息与控制技术研究所的横向科研项目的经费不断增长!

自动化专业教师承担纵向科研项目的理论研究不断深入!

……

收　获

学生培养质量受好评!

自动化专业学生的考研率一直位于学校前列;

自动化专业学生获得全国科技创新竞赛一等奖;

就业单位在自动化专业设立"申电科技奖学金";

……

教学质量工程出成绩!

河北省精品课程 1 门;

华北科技学院精品课程 2 门;

华北科技学院规划教材 4 部;

华北科技学院重点建设教学团队;

……

学科专业建设结硕果!

教育部特色建设专业;

教育部卓越工程师培养专业;

华北科技学院重点与特色建设专业;

河北省重点发展学科;

……

展　望

华北科技学院建设现代安全科技大学，再铸明天辉煌！

自动化专业建设有影响力的品牌专业，取得专业认证！

航
——致母校三十周年

田　甜

告别了星子 告别了风
离别的渡口
我还没数好别在襟上的祝福
便在匆匆中瞥见你的音容

我该以怎样的姿态
接过你赐我的这场猝不及防的离别
阳关外的柳梢 祝酒的杯
未饮心先醉

我试图在你眼里寻找
寻找一抹似曾相识的温柔
而你却回答我
用雾气 用霓光

你是岁月机杼前浣纺的绣娘
用光阴这根冰冷的针
刺痛多少单薄的青春
又丰满了多少孱弱的背影

欲望与喧腾炼化的赤潮
我如一只搁浅的小船不知去向

我等你灯塔一样带我走出迷茫
你却含笑任我自己去闯

潮白河的水啊
你是那么清 那么凉
却怎么盛不下我弱弱的泪
浅浅的殇

当银杏叶子摇金裹香
我会摘一片缄默
藏一片憧憬
然后 停止感伤

你三十程风露
我用 45° 仰望
你给我的天空
我用 90° 飞翔

一路回首

——迎华北科技学院三十年华诞

王广坦

深秋的叶，天凉如水

静夜闲思

初来的那个夜晚

南门一瞥

从此难忘

那是一种静谧，一种祥和

一种难以言止的喜悦

十年磨一剑

一朝得功名

感慨由心生

五彩的院旗

多彩的校园

致远楼下

无数学子的身影闪耀

人文院，外国语

四年时光始于此

南有明德，北有致远

中有博观

三楼交相辉映

孕育无数祖国栋梁之才

西有信息，东有安科

培育多少科研巨匠

学子林下

琅琅读书声

不绝于耳

绿茵场上

加油助威声

震天撼地

不去想

四年的时间能做多少

只需谨记

时光如水

且行且珍惜

不去问

四年的时间能学到多少

只需努力

滴水穿石

终成桃李

学子苑中

我们亲如兄弟

情同姐妹

为梦想，为奇迹

五湖四海

其实一家

当年明月

一回首

三十载春秋

风风雨雨
坎坎坷坷
阳光总在风雨后
再回首
马年已至
春天将回
三回首
华科之景
在眼里
更在心中

减字木兰花

张晓东

春蚕高志，卅载育人泽万世。自立安国，昆璧琼璞就势琢。

兼融文理，采矿安全双展翼。怒啸雄风，华甸骄子任纵横。

七律·卅年悠思忆华科

赵艳梅

春光夏影岂容闲，卅岁云烟枕梦还。
北院秋枝着果艳，南园瑞雪踏痕鲜。
微明诵咏犹嫌晚，暗黑疾书但恐姗。
昨夜杏坛风又暖，催芳万朵李桃妍。

华科抒怀

孙英娟

松柏青青三十春，桃李芬芳济世人。
宵衣旰食园丁计，酷暑寒冬学子勤。
呕心沥血攻科研，硕果累累日日新。
学科泰斗定胜出，群星璀璨照乾坤。

贺华科三十年校庆

高　峰

京东华科桃李芬，燕潮御地祥龙飞。
自立立人兴伟业，兴安安国承勤培。
而立演绎书香岁，百年翘首群英萃。
安监史册千秋范，华夏和谐铸丰碑。

贺华北科技学院三十年校庆

杨月江

一

三十华诞铸辉煌，求索奋进展鲲鹏；
桃李芬芳吐春色，立志耕耘安全梦。

二

自立立人天行健，兴安安国志存高；
且看明朝华科大，万紫千红分外娇。

华科颂

——庆祝华北科技学院建校三十周年

翁翼飞

燕山之南，南去绿水奔流；
潮白之东，东来紫气袭人。

华北之地，地接燕赵雄风；
科技之名，名镌风雅之颂。

改革伊始，始肇大学之基；
开放年代，代代传承校魂。

开拓创新，新篇我辈写就；
与时俱进，进取浇铸成功。

传道授业，业精深于勤勉；
明辨笃行，行成就于思冥。

格物致知，知行究其本末；
明德亲民，民生止于至善。

居安思危，危可砥砺人生；

谋治图存，存则奋起前行。

自立立人，人立则家国兴；
兴安安国，国安而天下平。

华科·而立

何爱民

热土燕郊春雷唤，
烈焰雄浑立矿专。
庆为自立人自立，
祝邦兴安国兴安。
华北科技大学梦，
北郊儿女勤添砖。
科学发展细规划，
技高人诚勇于担。
学成归来是致远，
院落栋梁是博观。
建设发展靠明德，
校里校外敢于攀。
三十而立挑重担，
十年建设为兴安。
周来周去才人现，
年年岁岁把言欢。

华科赋·早春

汪冠伟

早于校园步于晨光之中，目人流川行不息，草木春来欲盛，感时光匆匆荏苒，大学四年如白驹过隙，诚为珍惜，不可虚度，为此赋。

晨光乍放，晓星欲坠。春阳柳絮，三月飞花。步芳庭香径兮，细水流年。感吾生之短兮，嘘吁四年。

初阳柔和，空气尽新，望校园内外，芳草吐绿，杨柳抽新。览无尽之碧空兮，看纤云弄巧；感一年之伊始兮，怀空谷之幽。且歌且行，漫步校园。假山喷泉兮，晶涛玉峰；风竹摇绿兮，罗衫淡淡；碧池小桥兮，香拥翠绕；长亭古道兮，青藤静静。学府路上走，博观楼下行；学海无涯兮，致远无止境。虽无远山空濛，亦有墨香飘飞；也无雕梁画栋，更胜亭台楼阁。云轩翠阁兮，与同学共勉；千里求学兮，常念怀父母恩情；南燕北回兮，归途徘徊；故事东风兮，酒醒成客。

逝者如斯夫，不舍昼夜。龟蛇犹有境，神木亦可枯。日月兮经天，山河兮行地；朱颜兮易老，时光兮无痕。念草木之枯荣兮，惜青春正花红；当学以自强兮，莫追悔妄少年。书为食兮笔为箸；头悬梁兮锥刺股。

四年打马兮，莲花开还落；云卷云舒兮，难知向谁边。岁月如流兮，季节无情；光阴如水兮，红尘万丈。看我华科莘莘学子，学成之日，当宏图大展，击水三千。骑鲲鹏以逐日，履鳌头而独占。

华北科技学院赋

杜丽萍

　　癸巳之秋，余终业于京师，赴华科任教职，领导与同事友谅备至，不遑细论。经秋历冬而春风复至，适逢华科三十年之华诞，遂为赋以歌之，曰：

　　烟尘古道，挟幽并之豪气，当年萧鼓，和易水之慨歌。居京东之通衢，实得地利；纳四海之英才，汇聚人杰。自燕灵而右转，望高楼而左回；以南北为中轴，连学院与海油。司隶安监，身为部属；起自煤炭管理，扩于矿业安全；学兼总局党校，垂范高工教育。

　　自南门而北辕，经行坦荡，伴红化与绿柳，时闻莺啼。郁松柏之森森，矗栋宇之林立。见行政之肃穆，又会厅之堂皇。遇博观而旁曲，勿惊学子；复直道之舒舒，神怡球场。仰致远之古雅，叹书馆之华赡。北门外又北区，为余之所寓居。携斯文日南行，念稚子夜北归。虽青春之渐逝，育人才岂言悔。

　　十二院部，七大门类；以安工为先导，兼采矿自动化。兴安安国，自立立人；承科技之昌明，重人文之薪火。三十载之发展，应运天时；浴华诞之新阳，前道大光。

心灵的歌声

华北科技学院赋

王纪坤

　　浩浩乎京东大地，汤汤兮潮白河滨。三十年前，华科前身横空出世，京畿重地矗立新城；三十年后，华科学院今非昔比，由小变大、由弱变强。素闻少年强则中国强，教育兴则民族兴。兴校办学，乃名垂千古之盛事；尊师重教，乃荫及子孙之德行。

　　煤炭部部长运筹帷幄，亲临指挥；建设指挥部披星戴月，不辞辛劳。帐篷里彻夜灯光，铺开张张图纸；工地上车水马龙，一片繁忙景象。

　　万丈高楼拔地而起，千里之行始于足下。高楼大厦鳞次栉比，厅堂馆舍齐全配套；校园绿化独具匠心，高低错落四季常青；百花盛开百鸟争鸣，庭院小品美轮美奂。

　　无特色无以立校，依行业足以自强。我国正处于工业化前期，安全事故频发、高发势头必须遏制。生命第一，安全为天。安全发展理念必须深入人心，安全学科建设亟待加强完善，安全监督管理应该切实到位，安全人才培养成为重中之重。华北科技学院隶属国家安全生产监督管理总局，安全学科建设、安全培训基地、安全文化培育、安全人才培养是学院力量之源，生存之本。

　　自立立人，兴安安国。八字校训振聋发聩，玉振金声。树立安全理念，建设安全文化，发展安全科技，加强安全监管，学院作为全国唯一以安全科技为特色的高校，肩负责任光荣艰巨，发展前途十分远大。

　　大学之大不谓大楼之大，而谓大师之大也。梧桐树美而凤凰栖，大旗高举而群贤沓来。专家云集，名师荟萃；家家操灵蛇之珠，人人捧荆山之玉。学而不厌，诲人不倦。广大教师仁者爱人，为人师表；辛勤园丁植桃播李，花开满园。如蜡烛燃烧给人光亮，如蜜蜂酿蜜给人香甜，如忠实舵手把握航向，如搭建人梯供人登攀。

莘莘学子风华正茂，年轻后生青胜于蓝。万名热血青年来自祖国各地，有为年轻一代立志成长、成才。教学楼里认真听课书声琅琅，图书馆里博览群书刻苦攻读；实验室里脑体并用实践真知，实习厂里定人定岗培养能力。美哉，管弦乐队气势磅礴音韵铿锵，书画展览水墨丹青意蕴悠长；壮哉，健身场上你追我赶龙腾虎跃，运动会上争金夺银更高更强；毕业典礼证书在手冠盖如云，返校会上侃侃而谈成才兴邦。

三十年短暂一瞬，前程路修远漫长。大鹏展翅腾飞，征帆阔海远航。壮其志，博其学，健其体，雅其趣。德智体美全面发展；素质教育锦上添花。爱国奉献，追求卓越；仰望深空，脚踏实地；从我做起，胸怀天下。泱泱乎长江后浪奋勇，欣欣然芳林新叶竞青。试看明日之华科，清芬挺秀，跻身名校之林，华夏增辉，名扬中外同道。

改革创新当其时，中华圆梦在明朝！

散 文 卷

天道酬勤，奋力前行

——华北科技学院二十年工作回顾

徐景德

1995 年 6 月，我和王玉怀同志一起从中国矿业大学北京校区硕士研究生毕业来到华北科技学院工作，时光荏苒，转眼之间，二十年岁月匆匆而过。适逢学校建校三十周年之际，回顾在华北科技学院二十年经历的一些往事，也是对学校发展过程的一点点缀。

过去二十年，我在华北科技学院的工作可以分成三个阶段，1995 ~ 2000 年，在安全工程系从事教学与教学管理工作；2000 ~ 2010 年，在安全培训处负责安全培训管理工作；2010 年至今，在学科建设办公室（研究生院）担任负责人。这三个阶段中经历的一些事情，对学校的发展多少都有一定的影响。

一、安全工程系

我到学校报到之后，就被安排到安全工程系工作，安全工程系是学校最早成立的一个系部，师资力量、教学条件在全校各系部中是最雄厚的，在这里工作，对我而言也是专业对口。我于 1995 年 9 月被任命为安全工程系实验室主任，负责实验室日常管理工作。安全工程系实验室主要负责矿井通风与安全、采矿技术两个专业以及学校举办的各类安全培训班的实验教学工作。

应该说，安全工程系的实验室设备在当时全国高校中是比较先进的，如从德国进口的人机工程实验室、煤炭科学研究总院重庆分院设计安装的 40 米长、直径 0.8 米瓦斯爆炸演示管道等实验设备，在其他高校并不多见，其他实验仪器配备也比较齐全，煤矿"一通三防"用到的实验仪器都配齐了。但是实验室管理方面的问题很多，如实验设备利用率低，实验教学不规范，所有实验均无指导书，实验设备随意堆放。我到实验室上班后，与实验室的同事一起，将实验设备进行了归类，根据实验功能，将实验室设置为矿井通风、矿井大气参数测试、瓦斯与煤尘爆炸演示、矿井模型等十余个实验室，并编制了实验指导书作为实验教材发给学生，对瓦斯爆炸演示管道进行了修复，并且为煤矿矿长培训班学员进行了几次演示，观看演示的煤矿矿级干部对瓦斯爆炸的特征及其危害性留下了很深的印象。

1996 年 6 月，学校把我调到安全工程系担任主任助理，协助系主任谢进伸教授管理教学工作。在系里工作期间，参与了三项较为重要的工作，给我留下了深刻记忆。

第一项工作是华北矿业高等专科学校第一届毕业生毕业。我到系里工作以后，恰巧遇上第一届毕业生毕业，全系对毕业论文评审、毕业答辩等环节如何操作都没有多少经验。为了做好这项工作，谢进伸主任多次召集各教研室主任开会，商议具体方案，决定借鉴中国矿业大学等兄弟院校的经验，将学生毕业设计、毕业论文的成绩由评审老师、指导教师和答辩组综合评定，避免单独一方评定发生偏差，制定了统一的毕业答辩、评分办法，设计了毕业设计、毕业论文相应模板，目前安全工程学院的毕业答辩也是依照这些教学文件进行的。

第二项工作是矿井通风与安全专业申报国家教委改革试点专业。1996 年，学校决定申办教育部示范专科学校，将矿井通风与安全、矿山机电确定为试点专业。对于这项工作，时任校长王家棣教授付出了很多心血，亲自组织全校有关部门和系部准备申报材料，并及时向国家教委和煤炭部汇报有关情况，在全校师生的共同努力下，我校矿山机电、矿井通风与安全两个专业被列为国家教委教学改革试点专业，这为后来学校成为示范性高等专科学校奠定了基础。在申报试点专业过程中，安

全工程系全体同志尤其是安全工程教研室的全体教师都积极参与，时任教研室正、副主任方裕璋、漆旺生同志作出了很大贡献。试点专业申报，全体教师对现代化办学理念、规范化教学管理提高了认识，提高了安全工程专业办学质量。

第三项工作是申办"安全技术管理专业"。1995年以后，煤矿行业一直不景气，这给高校煤矿主体专业毕业生就业带来了很大困难。为此，我们深感必须开办安全工程专业。在学校领导的支持下，安全工程系安排有关老师到兄弟院校进行调研、参观，取得了一定经验，当时我和徐立德同志是去首都经济贸易大学、中国工运学院（今中国劳动关系学院）调研，在此基础上，起草了安全技术管理专业培养方案，1997年招收了第一届学生，恰逢2000年，安全技术管理专业第一届毕业生毕业。安全技术管理专业的举办，拓宽了学校学科的发展领域和途径，为今天的安全工程学院的发展奠定了扎实的基础。

在安全工程系工作期间，虽然觉得系里教学、实验等办学条件优良，但是深感学校科研基础薄弱，基本上没有科研项目，尤其与企业合作的横向课题基本属于空白，分析原因是学校在学术创新方面非常不足，为此我很早萌生了攻读博士学位、提高自己学术水平的念头，1998年3月，经学校批准，我报考博士研究生并获得通过，在中国矿业大学北京校区师从周心权教授，攻读安全工程专业博士学位，暂时离开了教学一线。

二、安全培训处

1999年下半年，我完成了博士课程学习，回安全工程系任教。2000年3月，我开始借调到学校教育培训部，与方裕璋、谢进伸等几位老教授一起谋划煤矿安全监察员培训。2000年5月正式调入培训处，协助高源主任负责安全培训教学管理工作。2001年8月，我被学校任命为教育培训部副主任（主持工作），直到2010年5月离开，我在培训处工作十年多，这期间的风风雨雨，令人回味。

（一）做好煤矿安全监察员、矿山救护队指挥员培训，充分发挥中国煤矿安全技术培训中心的基本职能

2000 年，国家煤矿安全监察局建立，标志着独立于行业管理的国家煤矿安全监察体系和安全生产监管体系的建立，对安全生产相关领域影响深远。华北科技学院作为原煤炭部部属院校，因为国家煤矿安全监察局的组建，作为国家煤矿安全监察员培训基地被保留在国家煤矿安全监察局。

国家煤矿安全监察局一成立，局领导一手抓机构组建，一手抓煤矿安全监察员培训。国家煤矿安全监察局人事培训司安排中国矿业大学北京校区和我校负责第一轮煤矿安全监察员执法上岗资格培训工作，其中我校负责陕西、甘肃、宁夏、新疆、湖南、重庆、云南、贵州、四川九个省和自治区煤矿安全监察员的培训，中国矿业大学北京校区负责辽宁、吉林、黑龙江、内蒙古、河北、江西、安徽、河南、山西、山东十个省和自治区煤矿安全监察员的培训，本轮培训共举办十期，每期一个月，2000 年 8 月开始举办第一期培训班，至 2001 年 9 月举办第十期，历时一年多，全国各省局煤矿安全监察员基本参加了培训。对开展煤矿安全监察员培训工作，国家煤矿安全监察局高度重视，时任国家煤矿安全监察局局长张宝明连续出席第一、二期煤矿安全监察员培训班开班和结业式并发表讲话，人事培训司司长路德信多次到培训班与学员座谈，国家煤矿安全监察局多名司长、处长为培训班授课。煤矿安全监察员执法上岗资格培训班的举办，为煤矿安全监察机构开展监察执法工作奠定了知识和人力基础。

根据《煤矿安全监察条例》的规定，煤矿安全监察员必须定期接受培训，我校又相继举办煤矿安全监察执法专题培训、煤矿安全监察分局局长专题培训等多轮专题培训，同时还负责对新进入煤矿安全监察机构的监察员进行上岗资格培训。这些培训，现仍然是我校的常规培训项目。在煤矿安全监察执法培训工作中，我们在培训方式、培训方法上进行了大量创新，从开始举办煤矿安全监察执法培训时起，全面使用多媒

体教学，培训方法由单一的课堂讲授改进为现场参观、分组研讨、拓展训练，强调案例教学，学员在培训过程中，围绕煤矿安全监察执法工作中出现的新问题，进行充分研讨，集体研讨的有关成果，我们曾经以简报形式上报国家煤矿安全监察局，供领导部门参考。培训方法引进团体列名法、鱼刺图法等培训方法，极大地激发了学员的学习热情，培训取得的成绩，得到国家安全生产监督管理总局充分肯定。学校已经被确定为国家煤矿安全监察培训基地就是一个很好的证明。

（二）创新培训模式、拓宽培训职能，建设一流培训基地

2000 年以后，国家对安全生产越来越重视，这为安全生产培训的发展提供了重要契机。安全培训处一方面认真做好煤矿安全监察员等国家安全生产监督管理总局下达的培训任务，同时围绕安全生产需要，开展多类型的安全培训，培训规模逐年上升，年培训人数从 2000 年的 400 余人次上升到 2009 年的 5000 人次，培训班次由年 10 个班左右上升到 100 个班。培训类别扩大到安全生产各个领域，主要包括：安全生产监察监管、矿山应急救援、煤矿一通三防、安全管理等。

为确保培训质量，安全培训处围绕培训任务，开展了大量课题研究，安全培训处教职工在工作之余，撰写了多篇培训方面研究论文，这些成果在 2011 年形成了学术专著《现代安全生产培训体系、模式与方法研究》，由中国矿业大学出版社出版。在学校支持下，加强了培训基础设施建设与培训教材、师资、培训管理体系等培训基础条件建设。

培训工作，锻炼、培养了一大批教师，提高了学校知名度，安全培训教学、研究成果也为安全学科建设作出了贡献，实现了教学相长。

三、学科建设办公室（研究生处）

2010 年 5 月，学校组建学科建设办公室（研究生处）工作，我被调到这个新设立的部门工作，一边抓机构组建，一边抓学科建设和研究生培养工作。主要工作概述如下：

（一）做好联合培养研究生管理工作

我校与中国矿业大学、安徽理工大学、青海师范大学签订协议，联合培养研究生，虽然培养人数不多，但是有助于我们熟悉研究生培养流程和相关规定，为学校后来自主开展研究生教育积累了经验。

（二）重点学科申报

我校学科建设近年来取得不少成绩，但是存在很多问题，一是投入不足，学校无专项资金对重点学科予以资助，二是管理上存在脱节现象，学校"131"人才工程设定了学科带头人岗位，但是既没有明确所在学科，也没有明确具体任务。为此，我们开展了如下工作：（1）抓好重点学科申报，2012年，我校经积极申报，安全工程等五个重点学科被列为河北省重点（发展）学科。（2）制定了《重点学科管理办法》，对重点学科申报、资金投入、学科带头人遴选及职责等方面进行了规定。（3）组织了第一批校级重点学科申报，在自行申报的基础上，经学术委员会评审，土木工程等八个学科被确定为校级重点学科。

（三）研究生培养资格申报工作

2011年，国务院学位办决定启动"服务国家特殊需要——学士学位授予单位开展培养专业硕士学位研究生工作"研究生培养项目，研究生处会同安全工程学院等单位积极准备申报材料，积极准备申报工作。2011年9月，杨庚宇校长代表学校向教育部专家组进行了汇报，教育部批准同意我校自2012年起开展安全工程领域专业硕士学位研究生教育。目前两届研究生加上蒙古国留学研究生，我校在校研究生已经达到80余人。研究生培养，为学校科研工作、学科建设提供了重要力量。

四、结束语

回首自己及所在部门往昔所做的每一项工作，取得的成绩，无一不是靠实干取得的，无一不是集体辛勤劳动的结果。李克强总理曾说：千思万想，不如甩开膀子。我校现处在迅速发展过程中，新事物、新现象

层出不穷，要积极探索，大胆尝试，纸上谈兵，永远没有出路。要有危机意识、超前意识、大局意识，市场经济的发展，使所有单位、所有人都没有铁饭碗可端，竞争不可避免，必须要有勇气，敢为人先，才能在改革洪流中立于不败之地。

华科学子剪影

张 比

1. 志存高远的小个子男生

还是在 2000 年吧，我开了一门校选课——创造学，在阶梯教室上大课，有几百人听课，哪个系的都有。

我先讲的是创造学的基本原理——创造力是人人都具备的一种潜在的能力，这种能力是可以通过教育实践被开发出来的。也就是说，每个人都可以从事创造性的活动，时时事事都可以创造。随后，我又举了许多事例，证明这个原理。看得出来，学生们很爱听这门课。坐在前排的一个不起眼的小个子男生，认真记笔记，积极回答提问，有时还主动发问。

下课以后，这位男生经常找我，问与课程有关的问题。他提的问题都很有深度，有的一时还很难回答。我就告诉他，我回去考虑一下，下次再告诉你。这样，我和他就渐渐熟悉起来。我感到他是一个诚恳好学、有头脑的学生，因此常常鼓励他，他有什么想法也愿意和我说。

他告诉我，他叫苟慧智，河南人，是管理系二年级的学生，对考上华科而且是专科，不太满意，对未来有些迷茫，想听听我的意见。我给毕业班讲过论文写作课，也指导过毕业论文，了解一些华科毕业生的事情，而且知道华科学生专升本的升学率很高。于是对他说，你准备专升本吧，争取到一个更好的学校去读本科。不过，现在在学校里必须好好学习，多参加社会活动，为将来打好基础。

后来，我告诉管理系的学生党支部书记刘老师，注意一下这位学

生，有什么课外活动，吸收他参加。不久，刘老师说，苟慧智原来有些沉闷，现在活跃多了，在学生活动中成为了骨干。

这门课程结束时，苟慧智的考试成绩很好，而且在创新设计方面颇有创意，我给了他高分。一直到三年级，他还和我保持着联系。那时，他已经是一位优秀的学生干部，而且加入了中国共产党。

因为专升本只能报考河北省的高校，他曾经问我，河北省哪所高校最好，我告诉他，华北电力大学和燕山大学都是重点高校，鼓励他报考。

毕业离校前，他到办公室找我，高兴地说，他被华北电力大学录取了。他拿出一个本子，请我写一段留言。我想了想，写下了《诸葛亮集·诫外甥书》中的一段话：

夫志当存高远，慕先贤，绝情欲，弃疑滞，使庶几之志，揭然有所存，恻然有所感；忍屈伸，去细碎，广咨问，除嫌吝，虽有淹留，何损于美趣，何患于不济。若志不强毅，意不慷慨，徒碌碌滞于俗，默默束于情，永窜伏于凡庸，不免于下流矣。

我又告诉他，华北电力大学的老师中有我的老同学，有什么事情可以找他们。

就这样，苟慧智去了位于保定的华北电力大学。过了不到一年，我见到时任华北电力大学副校长的老同学，我问他，有一位姓苟的学生找过你吗？他说，没有，但是我知道这个学生，叫苟慧智，表现不错，是学生记者团的团长，他在校发表过不少报道和文章呢。又过了一年，这位副校长见到我，主动告诉我，苟慧智被保送本校研究生了，他是华北电力大学第一个从专升本学生中保送的研究生。我当然很高兴，还把这一消息告诉了管理系的刘老师和其他教过他的老师。

尽管此后再没有见过苟慧智，但我始终关注着他，打听他的消息，我相信他会从先贤的话中得到启发，走好自己的路。果然，研究生毕业后，他进入《中国电力报》当了一名记者。他的足迹走遍了祖国的高山大川，采访水电工地、考察电厂的环境污染、关注水电职工的工作与生活。他研究世界能源问题和产业政策，为发展绿色电力献计献策。从2007年开始，《中国电力报》出现了苟慧智采写的一系列报道和评论文章。在其他经济类刊物上，他也发表了多篇理论研究和政策研究文章，颇有见地。近两年，他的文章越来越多，也越来越有深度。我曾经在水电部门工作过五年，熟悉水利电力业务，看他的文章感到很亲切。他在关于发展水电事业的长篇通讯中比较了历史和今天、外国和中国之间的异同，引用了准确的数据，提出了令人信服的观点。他在探讨绿色电力的文章中，高瞻远瞩、清晰地阐述了人与自然的关系，呼吁在发展电力的同时保护环境。做过多年编辑的我，看出他的文章已具有相当的理论高度，他正在向专家学者型记者发展。

不久前，他的名字出现在大型国企的重要会议报道中，他已经不是普通的记者，1980年出生的他，已经担任中国国电集团新闻处处长一职，成为了一名年轻的新闻官员。虽然他已走上了领导岗位，但他仍然坚持在新闻第一线，采写重大新闻，同时从事电力系统的组织管理工作。

我默默地为他祝福。这位曾经很不起眼的小个子男生，走到今天，一定是很不容易的。虽然他看起来貌不惊人，话也不多，可是他志存高远而又踏踏实实，一步一个脚印，终于成为行业报刊记者中的佼佼者，又成为有新闻报道经验和理论政策水平的新闻官员。时代对年轻人总是慷慨地给予机会，但只有锲而不舍的努力才能使你抓住机遇，发展成长。我期待着有更多的"苟慧智"脱颖而出。

2. 军军的故事

去年的一天，已经退休的高老师告诉我，军军回来了。军军是安全学院的一位毕业生，在山东省的一个煤矿工作，这次是带未婚妻来学校看望老师的。

在高老师家里，我见到了军军和他的未婚妻。军军的样子没有变，但比原来更壮实了，也显得更成熟了。他的未婚妻温柔漂亮，是位很懂事的姑娘。

军军说，他们就要结婚了，这次特地回母校来邀请老师去参加他们

的婚礼。

姑娘说，谢谢老师们，是你们培养了军军，没有你们的关心帮助，就不会有他和我的今天。

姑娘说话时是真诚的，眼里含着热泪。

高老师和我答应出席他们的婚礼。因为还要拜访其他老师，军军和他的未婚妻先走了。

他们走后，我和高老师一起回忆了军军的故事。

几年前的一天，住在 5 楼的高老师看到一位瘦弱的小伙子扛着沉重的煤气罐给自己家送煤气，就让他坐下来歇歇，喝点水。看到小伙子怯生生的，高老师亲切地和他聊家常，问他叫什么名字，是哪里人，在哪个专业学习。他说叫军军，是山西雁北地区人，在化工专业学习，因家境贫寒，学校安排他勤工俭学，为老师送煤气罐。高老师在山西工作过多年，谈起山西的情况，两人彼此感到很亲切。熟悉起来后，军军说自己快毕业了，打算专升本，但不知选哪个专业好。高老师告诉他："咱们学校的安全工程专业很好，你就选这个专业吧。"后来学习刻苦的军军果然考上了安全工程专业的本科。高老师又介绍军军认识了我。

军军家在雁北山区，父母都是农民，生活困难，靠勤工俭学挣些学费，很不容易。高老师和我商量怎样帮助他。不久，我认识了安全工程学院新调来的李老师。李老师也是山西人，是晋南的，父亲原是一家有色金属矿山单位的老工人。这个单位我曾经去过。我知道，李老师与矿山企业合作，有许多科研项目，工作很忙，需要助手。我想把军军介绍给他当助手。李老师很爽快地答应了。

于是，李老师经常带军军去矿山企业，让他帮助测数据，观察设备情况，做实验结果的记录和整理工作。过了一段时间，李老师告诉我，军军这孩子不错，聪明肯干，人很踏实，交给他的工作很放心。军军也和我们说，李老师对他很好，手把手教他实验技术，让他学到了课堂上学不到的东西。而且，每次去矿山，李老师都会给他一些劳务费，解决了他的生活困难。这样持续了一年多，军军快要毕业了。

按照军军的学习成绩，考上研究生是不成问题的。李老师也鼓励他报考，同时表示，在读研期间，可以参加自己主持的科研课题，还会给他一些报酬来补贴生活。可是，懂事的军军考虑再三，认为自己家庭困难，应当早些参加工作，不想给老师添麻烦，决定到煤炭矿山企业就业。李老师尊重军军的选择，给他介绍了一家效益不错的位于山东曲阜的煤炭企业。

军军高高兴兴地去了曲阜。不久，企业领导就发现，这个年轻人不仅工作踏实，而且有一定科研经验，他很快适应了技术岗位。这样的人才在民营企业不可多得，企业上上下下都对这位华北科技学院的毕业生赞不绝口。领导重视，群众关系好，又肯于钻研的军军工作很顺利，越干越好。企业一位主要领导把自己的女儿介绍给军军，姑娘很快爱上了忠厚老实又能干的军军。于是，就出现了文章开头的一幕。

军军结婚那天，我有事没能去，高老师和其他几位老师都赶到了曲阜参加婚礼。听说婚礼办得很热闹。看到照片上幸福的一对新人，我真为他们高兴。我虽然没有直接帮助过军军，只是把他介绍给李老师，但军军没有忘记我，这让我很感动。军军是个懂得感恩的人，他的妻子也是这样的。我想，高老师和李老师帮助军军也从来没有希图回报。老师关心学生是华科的传统，学生不辜负老师的培养，走好生活之路，这就是最好的回报。

3. 研制机器人的那些小伙伴

我时常怀念十年前的几位学生——一起研制机器人的小伙伴。尽管那时我已经五十多岁了，他们只有二十岁左右，我还是愿意把他们叫作小伙伴。

那是 2002 年的夏天，天气特别热。我和教务处的韩老师、电子系的梁老师、机电系的梁老师和刘老师，与一群学生研制一台多功能机器人，准备参加中央电视台举办的第三届全国头脑奥林匹克大赛。

参加这一项目的学生有机电系的郭立功、电子系的张孝贤、小何、小滕等男生，还有女生小韩、小吴等。小郭是河北省望都县人，机电系

学生创新部的部长，为人稳重、踏实；小张是安徽人，电子系学生，动手能力很强，他在家里时什么电器都敢拆，很快就能修好，还会使用缝纫机。其他同学也都聪明活泼，爱动脑筋。

按照中央电视台的要求，这台机器人要能够行走、转弯，并完成几项任务：第一，要能够过一座桥，上坡和下坡都是 30 度；第二，要从装满乒乓球（白色和黄色混合）的桶里把白色的取出来，取的越多得分越多；第三，要抓起一个个橄榄球，放到另一处；第四，要从一堆体积大小不同的积木中，每次举起一块，放到另一个台子上，摞起来，摞得越高的分越多。机器人可以由人在场地内用遥控器控制，电动，重量有限制。机器人在场地的运行时间不得超过 20 分钟。

老师和学生一起研究讨论了好几天。同学们运用所学的物理学、机械学和电子学知识，提出了许多方案，老师们经过考虑，结合自动控制、计算机方法，拟订了初步方案。在研制过程中，还要随时调整方案。

机器人要能够行走、转弯、过桥，必须用电动机驱动，而行走必须和地面有较大摩擦力。因此，最好用履带行走，但履带制作麻烦，还要有许多小轮子。如果改为车轮，必须让轮的大小、轮距和负载的重量有一个合适的配比。经过多次试验，我们总算选择到合适的四轮驱动装置。

过桥的时候，整个装置的重心在哪里很重要，如果前面太重，下坡时就会翻倒。经过试验，我们决定在桥上时先转身，然后再下坡，这样就成功地解决了这个问题。

分拣乒乓球怎么办？老师和学生到北京机械工业自动化研究所请教，又到自动化设备展销会参观，找到了一种传感器，可以通过光敏原理分开不同颜色的乒乓球。当装置制作好并安装到机器人身上时，问题出现了：在静止状态下分拣很成功，但机器人在行走中会有震动，一有微小的震动，分拣装置就会失灵。试验多次都以失败告终。最后只好采用吸管吸取的办法，由人工手动操纵。

至于拿橄榄球和举积木，我们巧妙地运用气泵原理，用吸盘将重物吸起，在排气时再将重物放下。

男生在老师指导下，在机床前加工零部件，女生接各种电路的线头。一遍又一遍地试验。在闷热的车间里，大家挥汗如雨。眼看工期接近了，大家一天十几个小时不休息，连续作战。终于，机器人安装成功了。心灵手巧的小张、小何、小滕负责操作，沉着冷静的小郭是现场指挥。在模拟的场地上多次训练，机器人听话地完成了各种任务。

整整一个暑假，同学们放弃了回家探亲的机会，也没有休息。经过近两个月的日日夜夜，我们终于要上中央电视台了。前一天，我特地去演播大厅查看了比赛现场。

第二天一早，我们来到演播大厅外面的广场上等待进场。在门口，同学们发现了著名相声演员李金斗，忙跑过去请他签名。李金斗笑容满面地给大家签名，正在这时，梁老师突然发现，我们犯了一个错误——几乎是致命的错误：我们忘记了给机器人充电，电池里剩的电量已经不多，如果在比赛过程当中没电，那就前功尽弃了。怎么办？离楼里的演播大厅还有几百米，同学们说为了省电，我们不让机器人行走了，把它推进去。同学们把上百公斤的机器人推进大门，又沿着斜坡转了几个弯，进入了比赛现场。我心里在暗暗祈祷，但愿剩余的电量能够维持20分钟。

比赛开始了，对手的机器人身材矮小，不能把积木举到高台上，得分不多。

我们的机器人上场了。小郭沉着地指挥，小张等人熟练地操纵着机器人稳稳地过了桥，完成了前面几项任务。在举起积木并移动到高台上的动作中，我们的机器人身高臂长，灵活地吸住一块又一块积木，再转动手臂，轻轻地放下。本来，还可以摆起更多的积木，可是这时电力已经稍显不足，在摆起十几块积木后，为了完成后面的自选动作表演，只好让机器人停下来。即使是这样，我们完成的程度也大大超过对手，以高比分获胜。

当裁判委员会主任宣布我们获得第三届全国头脑奥林匹克大赛最高奖——金擂主奖的时候，同学们欢呼雀跃，老师们也高兴地和他们拥抱。

中央电视台科教频道全程转播了比赛实况。我至今还保留着录像光盘作为音像资料，用于案例教学。

参加机器人研制和比赛的同学们个个是好样的。凭借优秀的学习成绩和创新实践表现，他们后来都找到了很好的工作。小郭在求职过程中，有多家企业愿意接收，他选择了一家公司的楼宇自动化管理技术岗位。小张到一家电子企业当了产品维修部门的负责人。小何和小滕继续深造。小韩和小吴也都找到了不错的工作。

十年过去了，研制机器人的同学们，你们好吗？在母校建校三十年校庆的时候，请你们回家看看吧，我和其他老师都在等待着你们。

4. "北漂"一族，你们还好吗

我担任新闻专业的论文写作课程和毕业论文指导差不多有十年的时间了，这期间认识了许多这个专业的毕业生。

他们毕业以后，相当多的人成为"北漂"一族。

"北漂"们时常会和我联系，但有时也会中断。当他们混得特别好时，就不和我联系了；混得特别差的时候也不联系。当他们混得不好不坏时，和我的联系比较多。

他们当中的许多人，其实是很有才的。例如郝洪波，在大学上学时，就在《燕赵都市报》等媒体发表过几十篇新闻稿件，毕业后去北京发展，在报社、网站都做得风生水起。听说现在自己开公司，房子都买了好几套了。

另一个例子是雷小峰。上学的时候，他利用假期回家乡陕西省合阳县搞社会调查，调查报告在杂志上发表，得到关注农民生活状态的吴青（冰心女儿）的好评。毕业时写的论文，运用数据统计分析的方法，研究安全生产事故发生规律，很有新意。因为考试分数差了 0.5 分，没有专升本。他不声不响地去北京找工作，踏踏实实地在网站、杂志社搞调查，写评论。现在已他成为一位研究型的媒体工作者。我估计不用几年，他可能会成为有影响力的网络名人。

还有一位叫盖海峰的毕业生，毕业后在北京市丰台区当了两年保安，那时和我有联系。后来总算找到一家出版公司，编辑出版中小学教辅图书，听说挣钱不少，联系就中断了。

和我联系得比较多的是肖隆平。他脸有点儿黑，说话时露出很白的牙齿，略显羞涩。在他上大三的时候，经常找我探讨各类文体的写作方法。他爱写诗和散文，以此抒发年轻人青春期躁动不安的情感，笔调里有淡淡的忧愁。这位"文艺青年"经常写东西，也经常拿来给我看。他告诉我，他来自江西农村，父亲是"文革"前的高中毕业生，培养他上了大学，对他寄予了很大希望。他的心气也很高。毕业后去哪里？回老家，没有有力的社会关系，找个好的工作不容易；在北京闯荡，人生地不熟，前途难以预料。后来，他还是选择了北京。最初的日子很艰难，他游走在一些网站和报社，在中国铁网、保险类报纸工作过。六七年过去了，他越来越成熟，在人民网、新华网、东南网和网易财经的网页上经常可以看到他的文章。他在网上介绍自己："没什么大的理想，因为愤世才喜欢上文字，因为语文老师的一次鼓励才喜欢上文学。蜿蜒漫步，一路走来，但仍然寄希望于文字能够表达我的思想，不管是被认为正确还是错误。文章散见于《中国青年报》《南方周末》《上海青年报》《大连晚报》《南京晨报》和《社会导刊》等纸媒和众多网络媒体。"

他后来的职务是中国经济和信息化杂志社的高级记者。粗粗算来，他在网上发表的文章也大约有几百篇了。文字已经没有了最初愤世嫉俗的慷慨激昂，而是呈现出平和理性。文章的内容仍很庞杂，涉及经济、社会、教育等多个领域，谈房价，说交通，论教育，评时事，抨击腐败。性格内向的他，在网络上如鱼得水，把自己观察到的现象、思考出的结果贴在网上，实现了与这个世界的对话，也使自己的心灵不再寂寞。

人漂在北京，他的灵魂在整个世界游走，似乎永远不会安定下来。肖隆平有着一颗对这个时代对世界和自身命运苦苦思索的跳动着的心灵。也许有一天他会回来，叫一声"张老师"，然后坐下来，诉说那些在北京传媒界感受到的风花雪月和不那么风花雪月的情景，和我探讨与他的年龄不相适应的过于沉重的话题。

与南方才子型的肖隆平很不相同的是比他高一届的宋卫科。这个高高大大的河北汉子说话时却很腼腆，甚至有些口吃。有同学管他叫"科科"。科科爱读书。在历史方面他读的书比我还要多。他读《史记》和《资治通鉴》，也读范文澜的《中国通史》、黄仁宇的《万历十五年》，还读钱穆的《国史大纲》。因为知道我粗通文史，他跑来找我，渐渐熟悉起来，成了无话不谈的忘年之交。

毕业后，科科先去了一家出版单位，说是当编辑。干了几天，他回来跟我说，老板是研究生毕业，从《人民日报》报社出来的，赶浪头，抓住"建设小康社会"这个题目，要编辑出版一套丛书，让每个编辑负责一个省，"拉"稿子。一个省出一卷，要交几十万元出版资助费。这样的工作科科做不来，就跳了槽。

跳了几次，都不理想。科科回了老家河北省邯郸地区的永年县。由于父亲早逝，母亲做些小生意，经济条件不算好，他不能在家待着。他舅舅是广播电视局的，安排他进了县电视台搞摄像。于是，他看到了太多的官场内幕、商场恶斗、摄像头下的真真假假。最要命的是，他常常要陪领导或商人吃喝，本事没长，酒量倒长了，多次喝得酩酊大醉。他母亲说，算了吧，再这样下去人就变浑了，身体也被搞伤了。于是他辞职，又回到北京。

他在传媒大学学了两年，拿到本科文凭。外省电视台聘他去当编导，可是他在北京漂上了瘾，不愿去陌生的外地。接着还是漂，在报社、杂志社写稿子，卖书。大约 2008 年，他到了一家旅游公司，负责广告宣传，出版了一些图文并茂的宣传小册子。他有时给我打电话，有时跑回来看我。有一次和另一位河北籍的男生一起来，那位男生我也教过，因为音色好，擅长播音，已经在河北电台当了播音员，工作很稳定。看得出，科科有点儿失落感。

科科是1979年出生的，肖隆平比他小两三岁，都已经到了成家的年龄了。因为老在北京漂着，科科原来的女朋友早就黄了，肖隆平有没有女朋友我不知道。唐朝时，年轻的白居易到了首都长安，前辈诗人顾况见他名叫"居易"，对他说"米价方贵，居亦弗易"。这句话后来演化成"长安米贵，居大不易"。如今的北京，可说是"京城房贵，居大不易"。不仅是房贵，许多生活成本（如交通、饮食、文化生活等）都贵，科科他们想买房结婚，太难了。但外地找工作，晋升，多要靠关系。北京的好处是做事基本上凭本事、凭能力，在这一点上还是公平的。这就是为什么许多大学毕业生漂在北京的原因。无论是回原籍、去外地，还是漂在北京，都难。对于不是官二代、富二代的普通大学毕业生，干什么不难？

但是科科和肖隆平他们，早就把这一切想明白了。他们漂在北京，追求着自己的理想，哪怕身心疲惫，哪怕遍体鳞伤，哪怕孤独失意，哪怕没有老婆和住房，但他们的眼前，总有希望的火光。

"北漂"一族，你们还好吗？

"母亲",生日快乐

吕 京

春天,您携春雨滋润学子的渴学之心;夏天,您聘烈日锻炼学子的坚韧之力;秋天,您邀秋风带走学子的梦想之种;冬天,您同白雪一起安抚学子的焦杂之绪。您,是我的母校——华北科技学院。

如今,您已经快要三十岁了,三十年,岁月蹉跎,您越发精神;三十年,风雨征程,您越发坚韧:三十年,风云变幻,您屹立不倒。您像一位慈母,哺育了万千学子,您用尽全力托起我们张开梦的翅膀。华科,我为能成为您的学子感到自豪!

时间像离弦的箭,一去不回。转眼间,我已在您的关怀下成长了将近3年,这段时间,您让我感受到什么是"花底笙歌,绿芜墙绕"的同窗之情,什么是"梅花喷香,桃李春风"的师生感怀,什么是"鹤发银丝映日月,丹心热血沃新花"的无私师德,而我也见证了您的巨大改变。

刚建校时您的名字是北京煤炭管理干部学院分院,而今,您已发展为华北科技学院,隶属国家安全生产监督管理总局,这短短十几年的飞跃源自您对知识永恒的追求,对管理的不断完善,对文化的薪火传承,对人才的开拓求新,于是无数点滴浇灌在您这片知识的热土中,凝炼出我们的校训"自立立人,兴安安国",这8个字代表了您的心声,这8个字将深深烙印在我的心中,永远铭记!

还记得自己第一次走进被誉为"大学的心脏"的图书馆时,对知识崇高的敬仰之情油然而生,更被您完善的馆内设施所折服,您赋予了它"三同一大"的建筑体格，图书近百万种、电子图书百余万种，充实着它的内心。它环境优雅，功能齐全，为广大学子开设了一个知识的殿堂，这是您的硕果。如果我们是祖国的花朵，就是您为我们送来了生命之源；如果我们是羽翼渐丰的雏鹰，就是您为我们提供了万里翱翔的蓝天。三十年，您的"心脏"搏动更加有力，撑起了莘莘学子知识的殿堂。

还记得第一次上课时被大学老师的渊博知识所震惊，课堂上，像自己的大脑安装了芯片，老师的谆谆教导源源不断地输入，这时，我才意识到以前自己的知识面是多么的狭窄，自己的阅历是多么的欠缺。另外在生活中，老师的亲和力更是让远在他乡的学子感到温暖，老师比父亲更严峻，比母亲更细腻，比朋友更纯洁。母校，谢谢您，给了我们这么充沛而伟大的教师资源，能上这些优秀教师的课让我感到激动，更十分珍惜。

如果我是一名画家，您的美丽让我的画笔无法勾勒；如果我是一位诗人，您的成绩让我的语言匮乏；如果我是一个发明家，您三十年的科研成果让我叹为观止；如果我是一个旅行者，您的身姿让我目不转睛。而我是您的一名学生，您的怀抱之门对我轰然开启，您将我搂进怀里，包容我的任性，包容我的浮躁，包容我的不成熟，让我由一个无知的孩童变为一个满怀抱负的少年，我庆幸，我是您的"孩子"。

三十年，您凭着自强不息的精神与执著的步伐带着一批批学子创造了历史。三十年，您为教育事业供给了大量人才。三十年，您变得更博学，变得更充实，变得更自信。三十年改变了很多，唯一不变的是您那为教育事业献身的精神与您那只增不减的拼劲儿。您的生日快到了，今天，我祝您生日快乐，明天，我将带着满满的成就向您祝寿！

采矿精神赞

师皓宇　田　多

明代政治家于谦的《咏煤炭》有云："凿开混沌得乌金，蓄藏阳和意最深；爝火燃回春浩浩，洪炉照破夜沉沉；鼎彝元赖生成力，铁石犹存死后心；但愿苍生俱饱暖，不辞辛苦出山林。"这首诗赞誉煤炭为黑色的金子，藏于深山之中，只待人们将其开掘出来即向人间散发阳和之气，表达的是煤炭甘于奉献，不求回报的精神。而我校采矿工程专业在教育部特色专业建设中逐渐形成"特别能吃苦、特别能战斗、重合作、守纪律"的采矿精神。

笔者作为一名采矿工程专业教师，见证了我们采矿工程专业学子践行采矿精神的艰辛和伟大。我每到一个煤炭企业，首先就会联系我们的采矿毕业生，聊同学、聊学校、聊工作、聊单位、聊过去、聊未来，在酒酣意浓之际，大家都说出"绝不给华科丢脸，绝不给老师丢脸"的豪言壮语，此时我默然以对，就是因为这样的志气，让我们的学生付出了多少辛勤汗水！2008级采矿工程专业学生张兴润一直坚守在生产第一线，被评为潞安集团十大优秀青年；2008级学生邱玉铭，到潞安集团工作3年没回过家，一直坚守工作岗位；2009级学生孙善果，在中煤平朔集团公司技术比武获得第一名；2010级学生付振放弃读研，毅然投身于煤炭事业；除此之外还有众多采矿工程专业的学子默默奉献在煤炭企业的第一线。他们是历史潮流中平凡的微尘，但他们对于学校、对于老师、对于家庭却又何其伟大。莎士比亚说，有一类卑微的工作是用坚苦卓绝的精神忍受着的，最低陋的事情往往指向最崇高的目标。这说的不就是我们的采矿工程专业学子吗！

平时，我们要求学生们谨记采矿精神，鼓励学生们深入井下一线，教育学生说：人生就像水中的皮球，只有沉得越深，才能弹得越高。每年毕业季到来时，我们采矿工程专业学子就像奔赴前线的战士一样投身到了煤炭生产一线，此时我们总是感慨万千，我们扪心自问，他们不知道煤矿的艰苦吗？他们是在地下几百、上千米的黑暗场所工作，365 天每天 24 小时都处于工作状态；他们不知道煤矿环境的荒芜吗？煤矿周边没有灯红酒绿，没有可聊的朋友，常年下来需要忍受多少寂寞；他们不知道煤矿工作有生命危险吗？水、火、瓦斯、煤层、顶板事故时刻在他们的身边围绕。这些他们都知道，但为了理想、为了未来，他们舍弃了都市，舍弃了享受，投身于煤矿。相比纸醉金迷的都市生活，这才更能凸显我们采矿工程专业学子选择煤矿的难能可贵；相比都市白领的娇气与虚荣，这才更能凸显我们采矿工程专业学子的朴实与可爱。"得天下英才而教育之"，人生大乐也！在采矿精神熏陶下成长的采矿工程专业学子是采矿工程专业教师的骄傲，是华科的幸运。

我希望采矿精神成为采矿工程专业学子们拼搏奋斗的动力源泉，成为我们采矿工程专业师生共同坚守的信念；希望采矿精神不但是采矿工程专业师生的精神支柱，还要成为华科师生的精神支柱，甚至成为我们青年一代的精神支柱，希望采矿精神历久弥新、传承而行！

华 科

—— 我 的 爱 恋

梁国萍

　　我来的时候，是盛夏，没有风，也没有下雨。天空依旧那么湛蓝，随行的人来来往往。九月的风帆将我带到你的身旁，从此我拥有了一个完美的爱恋。

　　每个人心中都有一个恋人的完美形象，或漂亮、善良、娴静，或阳光、帅气、潇洒，我也不例外。在我来到这里认识你之前，我总喜欢想象，想象着你的样子，想象着你的脾气，想象着关于你的一切。或许当时在我心中的你并非此时的你，但是我依然很开心，很幸福，因为在千千万万个对象中我只遇到唯一的一个你。

　　我们的相遇从夏末初秋开始，调皮的天气总用炙热的手掌抚摸着我们，我只能躲在阴凉处等待着你的出现。有一天，我停留在街道的十字路口，一张白净的脸庞出现在我的视线里，阳光在他微笑的脸庞上跳动着，清澈的眼眸，流露着青春的激情与梦想。

　　阳光在指缝间流走，微风吹动着发梢，我慢慢发现，你每天都发生着变化，时不时给我惊喜。校园里的花多了一些，树多了一些，变得更加漂亮，是你在装扮着；教室里的墙变更白了，灯更亮了，是你在操劳着；不远处，拔地而起的大楼是为我们而建，你想让我们拥有一个更宽敞明亮的学习环境，所有的一切都出自你那强劲的双手，智慧而贴心，陪伴着我们。

　　时间总给人一段甜美的想象，画面就定格在那一瞬间，从此在我的心里多了一个你。时间在我们身边一点一点地流走，而我对你的爱恋却一点一点地增加。每天与你在一起，虽然没有言情小说里的浪漫，但你却给了我最简单的幸福。

校园里的花草树木是你臂膀，每一处灯光是你闪亮的眼睛，所有的一切是你的全部。你我每天每时每刻都出现在彼此的世界里，但你是我的全部，给了我太多，而我却什么也没有做。

叶子纷飞的季节带来无尽的遐想，此时的我不知道该用什么华丽的辞藻来形容这个既忧伤又美丽的时刻。泛黄的叶子带着她的爱恋与梦想自由地纷飞在清澈明净的湛蓝天空，我想，此时的她，不会伤心，也不会忧伤，因为她等待着来年的再一次美丽绽放。走在青石板的小路上，看着路边已经黄了的草，低着它的小脑袋，静静地。我喜欢秋日里的黄昏，喜欢那种忧伤的美丽，因为我觉得这个时候整个世界是安静的，城市在夕阳的映射下变得格外动人，那些高楼的轮廓是一种美，线条都附有了生命，似乎听不到任何噪声，人们在这个时候似乎与自然近了，没有了尔虞我诈，没有了欺骗，没有了勾心斗角，只有爱，只有微笑。我喜欢这个时候一个人靠在你的胳膊上，闭着眼，呼吸着黄昏的气息，享受着温馨的余晖，顺着指尖流入心田，暖暖的……其实，我每天都期待着，期待着夕阳，迷人的余晖洒满你的身躯，我安静的欣赏着，看着你，思绪跟着音乐的节奏在起伏跳动，闭上眼，那一幅幅美丽的场景，在脑海里闪现，诉说那嫣然一笑的悠闲。

不知不觉，天空开始飘起了雪花。想起了在那个夜晚，我独自一人走在校园里，广播里传来了优美的乐声，道路上的人，稀稀落落，走过时，或听见恋人间的甜言蜜语，或听见好朋友间的经典语段。抬头仰望，雪花在自由的飞舞，在微黄的灯光下，雪花闪发着银光，好美。你依然安静的陪伴着我，让我享受着这份浪漫与快乐。第二天，你以银装素裹的装扮出现在我的面前，但从不失那份潇洒，那份安静，那份理性。

记得在我认识你的第一年里，我就感受到一股亲切的力量，你用你

强大的科学理性，深厚的人文素养陪伴着我，我成了一名宠儿，享受着你的爱恋。

　　校园里有了崭新的颜色，草地上星星点点的绿色在黄色的草丛里显得很新鲜，不远处的迎春花吐露着芬芳，玉兰花也不甘落后，白色的，粉色的，争先开放，拥抱着来自春天的暖意。我牵着你的手，漫步在青石小道，伸出手轻轻触摸着刚长出的新叶，就像触摸到你的皮肤一样，那样的细腻，那样的亲切。你嘴角的微笑，跟春天的阳光一样，美丽，温暖。

　　春去冬来，花谢又开，我对你的爱恋已有快三年的时间。平时的你，少了些话语，冷静的，安静的，阳光的，一直在我心里。但你也是疯狂的，细腻的感情在你的歌声里飞扬。还有，你永远是可爱的。

　　我喜欢，简单，自然。春暖花开，夏烈风清，秋实静美，冬雪银花，美丽的风景总会给人不一样的感受，在你视线里我总会进行一系列的想象，关于生活，关于事业，关于爱情。

　　时不时仰望一下天空，告诉自己，有你真好。

　　人们常说，三十而立。三十岁，正是人生一个新的起点，要在这个起点上，继续努力拼搏。今年对你来说是一个特殊的时刻，是你三十岁的生日，我很庆幸，也很幸运，能够在你三十岁生日的时候陪在你的身边，用我自己的方式给你庆祝生日。

　　烟花洒落的星空是最美的，飘雪的季节是最美的，有你的世界是最精彩的。我应该用什么样的方式去描写这个美丽的相遇。遇见是缘分，相识是幸运，在我的世界里有你是最幸福的。遇见你，我是幸运儿，在你的陪伴下，我从幼稚变得成熟，从无知变得懂事，在这里，你鼓励着我为梦想而努力追求。

　　生活中的点点滴滴是精彩生活的元素，形形色色是生活的装饰。看着冬去春来，春走夏临，夏花落地，秋叶纷飞，冬雪洒落，一年四季的美景尽收眼底，欣赏着蓝色天空像镜子一样明亮，跟大自然最清澈的湖水一样透明，那一份简单的快乐，承载着蓝色的梦幻。我们在慢慢长大，在变化着，从幼稚走向成熟，或许没有了年少的青涩，多了一份镇定与成熟。三十岁后的你，一定会更加帅气，更加潇洒，更加迷人，发展会越来越好。在这青春年华，我遇见了你，你成了我的初恋。初恋这件小事，浪漫而又真实，理性与感性于一身，让我在理性中成长，在人文气息中修身养性，我的初恋并不失败。

雨后的竹林，透露着清新，几只蝶在竹林里飞来飞去，自由是她的专属。

昨晚的雪花飘舞在城市的霓虹灯下，闪着银光。

走过那条路时，遇见的还是那场风景，那个人。秋日里的微风吹着树叶在淡淡清香的空气里轻轻歌唱，你是否看见，最美，微笑的脸庞……

从邂逅华科到与之相伴

——纪念母校建校三十周年

李国信

2012 年 6 月 24 日　星期五　晴

经历了那两日的奋笔疾书，今天终于能知道结果了。为了能够第一时间知道消息，我早早地关注了教育网，得知今天上午 9 点就会公布成绩和录取分数线，我怀着激动与急切的心在等候着那一时刻的到来。时钟滴答滴答地摆动着，仿佛我的心跳般，终于到了 9 点，我立即打开了网页，看着准考证，瞪大了眼睛，生怕看错。随着网页的跳动，我看到了自己的成绩——571 分，我当时一阵欣喜，可继而是一阵失落。望着屏幕，我呆了好久，这个分数对于我来说似乎与当初的梦想隔得太遥远了，北上的愿望终究实现不了，今年的一本要 577 分，而我的分数就只能定格在那一点。我打通了母亲的电话，告诉她我的成绩，毕竟这么多年来，她一直在家陪着我，付出了那么多。在我告诉母亲我的成绩后，还没等电话那头的她开口，我就蹦出了这样一句话："妈妈，对不起，如果再给我一年，我一定能考得很好。"母亲听了这句话，先是顿了一下，而后她批评了我，不是因为我的成绩，却是为了我那天真的想法。母亲说，这个成绩已经很好了，虽然不是一本，可对于文科来说就很不错了，如果再复读一年，或许还没有今年的好，很多人都有过这样的经历。听完母亲的一番话后，我挂了电话，思考了很久，内心还是久久不能平静，我的梦想没能实现，这是事实？一切等待，只为那时花开……

2012 年 7 月 2 日　星期一　阴

在家人的劝说下，我渐渐地接受了我的高考结果，但是接下来填报志愿是比高考还要重要的，怎样填报似乎决定着以后的道路该怎么走，我不敢有一丁点儿的懈怠。这几日在家硬是把报考指南看了好几遍，我把自己想学的专业和学校都选出来然后再一个个排除，可最终还是难下决定。在家人的联系下，我了解到了华北科技学院这个学校，我看了报考指南后，心头一喜。这所学校的地址是在京东燕郊，距离北京很近，更加令我喜悦的是，以我的分数进这所学校是没有问题的，这真的是应了西方那句俗语——上帝将你的一扇窗关了，却为你开了另一扇。在经过仔细对比与思考后，我放弃了填报本省一本的征集志愿，选择华科作为我填报志愿的第一所学校，将法学作为填报的专业，不论结果如何，我就是这样的选择了。在填报完志愿后，现在能做的只有静静地等待，但愿我的选择没有错，我的梦想——北上，应该不会破灭吧？花开枝头无尽美……

2012 年 7 月 26 日　星期四　晴

"儿子，恭喜你啊，你被华北科技学院录取啦！"母亲怀着万分激动的心情把这个消息告诉了我，望着母亲充满皱纹的脸庞，我的眼中不禁有丝丝泪水。是激动，是感动，更是感谢和欣慰。母亲这几年时间终于没有白白地付出，我这么久的努力也得到了一个结果，虽然不是很出色的结果，但也足矣，知足者长乐。大学是我跨出的第一步而已，一个平台，如果想走得更远，大学时光是不能荒废的。对于法学这个专业，我也清楚，要想学有所成真的很不容易，大家都告诉我，司法考试是那么难考。但是选择了就不要说不行，这是我一直以来激励自己的一句话。就像当初老师和家人都劝我学理而我仍然选了文科一样，当时他们也说难，但现在这样的结果，说不上优秀，可也能证明难并不是害怕与退缩的理由，坚持努力就会有结果的，毕竟我还没有与我的梦想隔得很远。北上！帝都！未来！我的梦想还在呢！大学，华科，感谢与你们的邂逅。拮花只为与相见……

2012 年 9 月 8 日　星期六　晴

我的大学，我来了。我怀着一颗炙热的学子心来到了华科，站在大

心灵的歌声

学校园的门口，我伫立了好久，看着那几个大字，心情不由地澎湃，真的很想大声喊出来，看了看周围，还是忍住了那份藏在内心以久的激动。进了校园之后，看着来往的人群，脑海里浮现的是在电视画面中看到的一幅幅大学景象。曾经无比向往着大学生活，终于我也要经历这四年的历练时光，对呢，历练，这是我给自己这四年的一个目标，从走出高中校园的那一刻起，我就已经深深地下了决心。回顾以前的时光，似乎只有每天坐着看书做题，大学，不应该那样过了。有的人这样说，大学是个小社会。确实如此，大学不仅能够获得知识，更重要的是学会做事和简单的社会交际，这些都是以前学习不到的知识。走在校园的路上，迎着暖风，也许是在红豆之地待得久了，对于北国的一切都觉得很新鲜，尤其是校园的这一幕幕景，更加让我恋上这个地方。大学，华科，我们就此相逢相识与相伴…

2013 年 5 月 25 日　　星期六　　晴

来到华科已有大半年了，被华科秋日的绵绵落叶而吸引，被冬日的皑皑白雪所震撼，更被那些在寒冷冬日里仍然坚持排队进图书馆的学长学姐所激励。每每看到努力的他们，曾在进入大学时的那一股要为自己的梦想奋斗的热情更加强烈。那股热情已被深深地融入到这夏日的早晨，伴着朝霞，我第一次来到了图书馆的门口。来时就已有人在那里排队了，我也和他们一样，把书包靠在了墙上，拿着书本，开始了大学的第一次晨读。如同高中的晨读一样，却有着说不出来的新鲜感，或许这种感觉来自于这是第一次在大学早读，亦或许是因为看多了大家排队晨读，终于自己也体会了一番。总之，晨读的感觉真的很好，大学生活，这种美好的感觉是不能或缺的。大学，华科，你们与我相伴。花谢花复开，春去春又回……

2014 年 2 月 17 日　　　星期一　　阴

再一次回到这与我相伴了一年多的地方，回想这一年的时光，匆匆地划过我的指尖。从邂逅华科到与之相伴，这一年的日子里，华科给了我很多。在这儿我见到了从未见过的金黄落叶，密密的一层层，像厚厚的绒毯；在这儿我领略了北国风光的冰封雪飘是那么让人震撼；在这儿我第一次感到了晨读其实是件美好的事情；在这儿我与华科一起为了迎接本科教学评估而努力过；在这儿，我迎来了母校的第三十个生日。孔子曾说过，三十而立。对于华科来说，三十年的风雨路途肯定充满艰难险阻，而今的华科，呈现在大家面前的是一派欣欣向荣的景象。也许我对华科并不是很了解，也许我未曾经历那三十年的岁月，也未曾目睹她的成长，但是，现在的华科让我备感亲切。即使有人说她的不好，说她的不是，可在我眼里，她是年轻美丽的，犹如母亲在孩子眼里的感觉，那么慈祥而温暖。当我毕业离开校园的那一刻，我将仍然能够记起入学时站在校门口的那份激动，能够回忆起在这儿的点点滴滴……

华科愿景

邓亚曼

对于一所大学来说，三十年的办学史算不上悠久。尤其对于在校学生来说，三十年的风华历史似乎离我们无比遥远，学校崭新的建筑也无法让我们触摸到年华的沧桑感。可是看旧照片，惊觉学校的变化是那么明显：科研实力不断增强，办学规模不断扩大，办学条件日益改善，校园变得越来越美丽，学校的知名度越来越大。这里凝聚了历届学校领导的心血和汗水，饱含着学校广大教职工的辛勤奉献。从初创时期的一所专科学校，到如今的全日制本科院校，直至今天更被誉为"燕郊小清华"，三十年风雨兼程，华科取得了辉煌成就。

曾经，我攥着红艳艳的录取通知书，怀着对大学生活的无限憧憬，来到华科。生机盎然的绿化，宽敞明亮的教室，温馨整洁的宿舍。我的大学生活就这样正式开始了。对于从未离开过家的我而言，大学生活是新鲜、多彩并且富有挑战的。第一次尝试打理自己的起居，第一次自主选择学习的内容和方式，第一次思考人生的意义和方向。在学院辅导员的关心和帮助下，我渐渐地适应并喜欢上了这种全新的生活方式。在这里我不会孤单，有友善的同学会时时陪伴着我；在这里我不会感到无助，热心的同学会在我最需要的时候给予帮助；在这里我不会消沉，满校园的笑容总给我力量。我相信，把我的梦种在华科这片沃土，是我的明智选择。在这个优美的环境中，有博学可亲的老师的教导，有充满激情的同学陪伴在左右，我的梦将在这里茁壮成长！

"泰山不让土壤，故能成其大；河海不择细流，故能就其深。"您用宽广的胸怀接纳了硕士、本科和专科等不同程度的学生，给予我们知识的养料，让我们不断茁壮成长，让我们在您的关怀下找到自己的人生方向，为自己的梦想打拼！三十年来，您经历了风风雨雨，但同时也创造了一个又一个辉煌。三十年的时间，或许不能够让一个民族真正的强大起来，但却可以让一个民族的教育强大起来。您的成长见证了中华教育事业的蓬勃之势，新增的校区，逐步加强的师资，不断增加的图书馆藏书量，还有不停吸纳神州大地的人才，都是您不断成长的印记。

大学是人生中最美的时光，是您，为您的学子提供丰富的各类资源，资源让我们人生中最美的时光不只是欣赏美景，更丰富了我们的内涵，让我们从懵懂的中学时代醒来，为我们适应社会生活提供了更多经验。您知道吗，您越是这样无私地为我们的未来改变着，我们就越无法将您释怀，我们会带着您给予的丰富知识更好地向未来宣战！但您放心，我们会像我们的老一辈校友一样，带着辉煌的成就来给您祝寿！今后的日子里，我们将遍布祖国山河、世界各地。大学时光是短暂的，也许就是因为它的转瞬即逝，在华北科技学院我们走过了不能忘怀的青春岁月，这让我们相信，在今后的路上，无论我们走得多远，飞得多高，华北科技学院永远是我们心灵的归宿。作为一个学校，三十年并不悠久，但是您像一个年轻人，前进的过程中充满着活力和激情。华科正以前所未有的速度和动力发展着，我们坚信在全体师生的共同努力下，华北科技学院的明天一定会更加美好！

最后，衷心祝愿母校在未来更加激烈的教育竞争中拥有更多的师资力量和管理队伍，在更大的发展空间中赢得更多的荣誉，为社会培养更多、更好的人才！

心灵的歌声

风雨兼程三十载

赵竞雄

三十年沧桑砥砺，三十年春华秋实。

三十年风雨沉浮，三十年弹指一挥间。

三十年，在人类历史的慢慢进程中，只是匆匆一步；在伟大的中华民族悠久灿烂的历史长河中，也只是回眸一瞬；但中国三十多年的改革开放，已经铸就了一个民族经济发展、社会进步、文化复兴的奇迹；而三十年，也同样见证了华北科技学院艰苦拼搏、欣欣向荣的发展历程。三十年间，华科的教育事业蒸蒸日上、满园桃李硕果累累！三十年的岁月不曾让华科显得苍老，但三十年却让华科更加威武雄壮！

十年砥砺，三十年风雨。三十年前的华科，还是原煤炭部1984年投资兴建的北京煤炭管理干部学院分院，1993年改制为华北矿业高等专科院校，面向全国招生；1997年被原国家教委评为全国27所示范性高等工程专科建设学校之一；2002年升格为普通本科院线，面向全国招收普通全日制本科、专科学生。

以前的华科，仅仅发展煤炭安全专业，而如今，三十岁的华科一直秉承着优良的传统，开拓着崭新的明天，革故鼎新，以超强的生命力和创造力继续成长，华科已是以安全工程为特色，共开设37个本科专业，涉及工、理、文、法、经济、管理、教育等七大学科门类的综合院校，已形成以全日制本科、研究生教育为主，成人、函授教育和安全工程并存的多学科、多层次、多形式的办学体系。同时，学校经过多年的教学实践，积累了较丰富的教学、科研、管理经验，拥有一支实力雄厚的师资队伍，学院现有教职工 1100 余人，专职教师 834 人。其中还聘请了多位来自美国、英国、加拿大等国的外籍教师和专家，同时还聘请了一批国内外著名学者为兼职教授、客座教授、荣誉教授。另外，现如今华科的计算机网络、多媒体等现代技术应用广泛，是中国教育科研网城市节点单位学校，设有多功能教室、闭路电视教学系统、多媒体语音教学系统和外语教学发射台。覆盖全院的计算机网络，可实现多媒体远程教学，是个信息发达的高等院校。

在中国特色社会主义理论体系的指导下，华科提出了"以人为本"、"特色强校"、"开放式办学"等主要办学理念，并实施了与之相配套的"人才强校战略"、"学科建设战略"、"科技创新战略"、"安全培训战略"、"人才培养战略"五大战略工程，凝炼出"自立立人、兴安安国"的校训、"严谨治学、教书育人"的教风、"勤学、善思、力行、创新"的学风和"团结、勤奋、求实、创新"的校风，确立了校园文化的精髓，提高了校园文化品位。

从北京煤炭管理干部学院到高等专科学院，从普通的文化教育队伍发展到优秀的师资队伍，从简洁的校园建筑到繁华漂亮的大学校园。三十年丹心铸长剑，长剑一出，直指苍穹！剑光下，我们能看到了华科辉煌而不失典雅，高傲而不失端庄，霸气而不失温柔的一面。春华秋实，凝练出了"自立立人，兴安安国"的校训；沧海桑田不变的是华科"严谨治学，教书育人"的教风。

如今的华科，不但学习氛围浓厚，同学的课外活动也很丰富。学校的图书馆资源丰富、管理高效、服务优质，为广大师生营造了美好的知识殿堂；高标准田径运动场，铺设有人造草坪和塑胶跑道，篮球场、排球场、网球场、体育馆、游泳池等体育活动设施齐备，更有利于同学们锻炼身体，通过举行各种比赛来增进友谊、丰富生活；各个学院里还经常举行各种文艺活动，这更是学校里一道亮丽的风景线。

三十年来，华科经历了风风雨雨，但同时也创造了一个又一个辉煌。三十年的时间，或许不够使一个民族真正的强大起来，但却可以让

一个民族的教育强大起来。华科的成长见证了中国教育事业发展的蓬勃之势。华科已经真真正正地壮大起来，新增的校舍、校区，逐步加强的师资，不断增加的图书馆藏书量，还有不停吸纳神州大地的人才，都印证着华科的成长。敬业的教师在讲台上不断挥洒着汗水，传播知识，在这平凡的职位上坚守自己的职责。辛勤的学子怀着求知的心，刻苦奋斗，努力钻研，在华科这一片沃土上茁壮成长。

这一切的一切，都是华科这三十年风雨兼程最好的见证。

回首往昔，华科是我们的骄傲，立足当下，华科让我们自信地展望未来，我们对华科信心饱满。三十之年是而立之年，正是大放光彩的时候，我相信，在以后的时间里我们的华科一定会有更大的发展。微风和着细雨，杨柳重吐嫩芽，唯美的景象也在为你的三十周年华诞送上祝福——愿华科如杨柳般生机勃勃，愿华科明天更美好。

华科的四季

张婉辰

　　第一次来到华科，是盛夏，却没有焦灼如火的温度，反是一股又一股清凉恣意的风，不断地穿过树林，掠过发梢，轻柔地舞蹈。温和的阳光和清爽干净的风同时抚摸光裸的胳膊，那舒适的触感渐渐平复了我那远离家乡要独立面对未知世界的惴惴不安的心。华科，这里有美丽温柔如姐姐般的辅导员，这里有热情大方地领着我报名帮我提行李的学姐，这里有陪着第一天进入学校就生病的我去看医生的亲人般的舍友……华科不大，她仍用她不大却厚实质朴的胸怀包容接纳了青涩而略微有些自卑无措的我。

　　既然是夏天，那便一定既有和煦的晴天，也有凌厉的阵雨。而来到华科的这个夏天，我淋了不少场雨：我曾满怀热情地去参加一场面试，有人能自信满满地走上讲台，而我却因为实在怕于当众讲话，落荒而逃了；我也曾饱含激情地去参加辩论赛海选，有人能轻松自在、侃侃而谈，而我却因为紧张而语无伦次，下了台才发现自己有很多想表达的都没能表达出来。我厚着脸皮请负责的学长再给我一次机会，学长却很认真地告诉我："做一件事前，你自己要做好充分的准备，给了你机会，你自己没能好好把握，就是你自己的失误，怪不得别人，也没有反悔的机会。"类似的事情还有很多。我被这些阵雨淋得湿透，却越发清醒，越发热血沸腾，越发燃起了斗志，因为我看到了一个为我们提供了展示自己的舞台、有着严谨学风的华科，她在用一种别样的方式教导我：要自信，要在面对挑战时做好充分的准备。她还告诉我：人外永远有人，

天外永远有天，要想在这个庄重而瑰丽的舞台上绽放光彩，就要加倍努力丰富自己，使自己更优秀、更出色。

迈过有阳光有雨水的夏，便是繁忙多彩而硕果累累的秋，在这灿烂而丰饶的秋天，我跟着前辈做过兼职，感受过用自己的力量挣钱的辛苦；我加入了不少社团和学生组织，接受了不同于课堂的锻炼，看到了自己各方面能力的成长；我还有幸成为了班委中的一员，细咂了责任这品狄更斯认为能抵消人生这杯苦酒滋味的蜜汁……这便是华科的秋，我在片片飞舞的令人惊艳的金黄的银杏叶雨中，在湛蓝澄澈、不夹一丝云絮的长空下，在缓慢悠长的鸽哨里，度过了辛苦却充实的华科的秋。

清楚而深刻地记得一次校园之声的广播中曾说过这样一句话："在一个地方生活的时间长了，就会对这地方产生一种说不清、道不明也斩不断的情愫。"而当冬天我乘着返乡的列车，回到千里之外的那个我原本异常想念的城市后，我却又惦念起了华科：那儿下雪了吗？我还未见过华科的雪呢！宿舍楼下一直由好心的学姐照料的小狗呢？它们会挨饿吗？花坛中在深秋时依旧傲然挺立的月季，它们谢去了吧……华科的冬天想必异常寂静，却一定是个饱含了惦念的温暖的冬天。

过完这饱含丝丝惦念的寒假，再踏上这片已不再陌生的土地时，竟抑不住地生出些激动，我挂着不由荡开的微笑，望着熟悉的楼，赏着熟悉的景，走着熟悉的路，寻到了熟悉的人——再次见到舍友，已不似半年前刚刚相识时那般羞涩，反如阔别的老友那般亲热。大家重新聚在一起，都有些感慨：在华科仅生活了半年，却像已生活了许多年一样。是啊，仅仅半年，可我们已经真正成为了华科人，已经完完全全地融入了华科，融入了她的生活，融入了她的一切，融入了她清晨略微清冷的阳光中，融入了学子林石亭的石柱上小小的石缝中，融入了林荫路上细碎的光影中，融入了阶教里回荡的智慧的灵魂中…我们融入了华科，华科亦融入了我们，她融入了我们的习惯中，融入了我们的骨血中，融入了我们的生命中。

我在依旧料峭的春日清晨，在明德楼旁爬满老藤的长廊中写下这篇文章，手很冷，却不想停笔，因为胸中氤氲起的那股对华科的情愫在不断膨胀、膨胀，叫嚣着找个出口释放。抬头，长长缓口气的当儿，便看到眼前这片正在蓄力准备重新绽放生机的草坪，草坪中央挺立着一棵欣秀的树，在蓝天的映衬下全都指向天际的枝干上，颗颗小小的嫩芽正在汲取着养分，默默成长。蓦地觉得华科就好似这棵树，而我们这批新生就如依附于这棵挺立了三十载的树，吸取着她生命的根本而萌发成长的叶芽，我们吸取着她的知识、她的智慧，并将继续在她的滋养下不断成长。虽然有一天，我们终将离开她去更广阔的天地，但我们的位置上一定会再有新的生命在这棵树的庇护下成长。而我们之间犹如树与叶血脉传承般的关系也是永不会改变的，终其一生，我都会带着华科人的气质与学识在越来越高的平台绽放光芒！

这便是我在这半年中感受到的华科的四季，虽然这只是华科缓缓淌过的三十年长河里一朵小得不能再小的水花，却包含了这半年我对华科全部的、真挚的情感，而且，再一思量，或许这短短的四季也可以看作这三十年的缩影，这三十年中四季是不断轮回的，同样的故事或许也在不断重放，一批又一批的学子在不断成长，华科，却永远年轻。

仅是半年，已让人有颇多感慨，虽然对漫漫走过了三十个四季，并将继续走下去的华科，我只是个享受了她片刻福荫的过客，但将在华科生活的这四年，华科，这棵净土的菩提，这杯醇厚的美酒，我想，它能让我怀念、让我品味终生。

谨以此文祝我的母校三十岁生日快乐！

你便是我遥想过的天堂

高奥涵

对于刚满十八岁的我而言，也许还不曾体味过放手一搏，志在天涯的青春滋味；还没有收获过向着天分努力奔跑，纵然摔倒也觉得快乐的心中喜悦。因为我们这一代似乎从出生那天起就被时代设定好了必需的航程，驾一叶扁舟于万千学子的竞争潮流中，摇摇晃晃，风雪无阻，披星戴月。从家到学校的两点一线的执著中，绽放只属于我们的青春璀璨；在题题苦思的坚持里，铿锵地度过我们的十八岁成人礼！但，我们的青春并未虚度；我们的曾经并不乏味。因为即使身在炼狱般的高三，我们的心也在向着遥想的梦想汲取阳光，努力生长。那于我是件极为浪漫，甜蜜的事情。在挣扎中幸福，在未知中渴望……遥想着那个激情飞扬，可以肆意汲养的心中天堂。

收获了十二年磨一剑的六月锋芒。带着激情、新奇、信心与憧憬，我走进了金色的九月。背着奶奶针针线线累叠出的行囊，我走进了华科，亲手触摸着曾经遥不可及的想象。

初识华科，是满眼的绿色，郁郁葱葱的翠色里流淌着它独有的蓬勃活力。

踏着迎风舞动的小彩旗，我与这里一路相觑，一路欢心颜开。浪漫情趣的学子林和着晨光飘扬着阵阵墨香；时尚大气的博馆楼传来高年级学长学姐专注晨读的琅琅书声；宏伟现代的图书馆在绿树红花的映衬下显得格外知性美丽；稳重庄严的致远楼如同一位长者引领我们向前。从正门到北门，徒步要十几分钟，但当初那个身背行囊决心要仔细审视一下这个新起点的我却如脚下生风，因为喜欢，走也走不够，累也还觉甜。置身其中，不似漫步北国老校那样古老宁静，不觉瞬间穿越，唯有小心翼翼才不至打扰了历史的陈存；又不似南方学府，潺潺流水，临亭静心，走一走便浸染了优柔、纤细的女子情怀。唯有当时眼前的风景：青春，现代。这是个属于我们的学校，她可以带领我们一起奔跑向前去追逐我们的明天。同样的风华正茂，同样的青春无限。在之前无数次的遥望里都不曾预见，她与我是那样的契合，可以携手，可以合一，可以交换梦想，因为我们都向往着同一片蓝天。追随着孙越崎等前人的脚步，我们可以竭尽天分，阔步向前，肆意地演奏青春的章曲。不必担心打扰了沉睡着的前辈的历史梦，亦不必留意前进的步子冲撞了碧竹和风的美意音韵。唯独欣赏着华科这青春的美，陶醉于唯独属于我们的青春力量中！

我爱，爱这片完全被青春占据的沃土，爱这个一见如故，初识便为挚友的华科天堂！

走进华科，是无尽的温情。严谨治学，教书育人的信念里承载着她的人文情怀。

我惊讶着，开学初那个悉心为我们指引教室，笑容可掬的长者竟是林刚书记；我动容着，为新生报到无怨流汗，为毕业生工作无悔奔波，为个别同学因不适应大学生活而出现的不良情绪彻夜难眠的焦龙辅导员；我幸福着，为帮助我们班顺利开展联谊活动，不顾寒风，周末返校的小菊老师；我感动着，为辅导学生学习，上完课后将近三个小时留在教室无偿为同学答疑解惑的彩云老师；我亦折服着，课上慷慨激昂，引经据典，课下温柔可人，对同学关怀备至的竹玲老师。是他们让我无数次备感温暖，是他们让身在家乡千里之外的我们依然觉得犹在家乡。

全心全意，悉心浇灌满园桃李；

无怨无悔，春秋倾献浸染芳华。

我爱，爱这个名为家的地方，爱这群良师益友，他们是把我们护在翼下的华科园丁。

　　因为满心感动，处处动容，我感谢上帝让我在大学伊始就拥有如此种种，幸福美好。我愿意，愿意走进华科，了解华科，读懂华科，倾我所有，尽我所能，与她一起飞翔，飞翔！华科呀华科，你便是我日夜思念，当初在梦里遥想过的天堂。

　　一路满怀兴奋希望，一路拼搏在前进的航向。转眼间已是阳春三月。时光流转，我们已充实快乐地度过了一整个学期的华科时光，点点滴滴，历历在目。我不会忘记，到校报到的第一天那位热情指引、无怨烈日的大二学长；不会忘记为方便我们了解学校制度而日夜奔走的学姐；不会忘记日日守候，无偿为新生调换耳机却不愿留下姓名的志愿者；更不会忘记生病难受时，是刚刚相识的舍友一直守候在身旁，是一句句的叮咛、一条条的信息让我学会坚强；还有，临近期末时，更多的是身边的同学牺牲掉自己复习的时间给平时没有掌握好知识的同学讲题，积极主动；考试结束，当又要独自一人踏上归程，是同学们的阵阵嘱托，关心牵挂让我觉得飞速的火车上依旧不是我一个人，还有华科的温暖萦绕身旁；是他们带我认识、体悟着一个名为真诚，名为热情，名为友善的华科！那一刻，我笑了，幸福开心地笑了。因为我相信，这里就是我遥想过的天堂，我愿意与她一起努力，创造名为华科的奇迹！当然，这次返校，想念的不仅仅是梦想过的天堂，还有彼此牵挂的同学、亲人。分开短短一个月，我第一次深切的体会：想念，真的很幸福！

　　我爱，爱这个兼具爱的柔情又不乏执着坚强的地方，爱这个青春活力又选准了方向的天堂！

　　我是她的孩子，她的未来，她坚实的力量。我会努力，会勇敢，会永不停顿，为了她扬帆远航。我在这个美丽的春天，兴奋地、渴望地、自豪地迎接着她的三十岁生日。1984年是华科人在这片冀东大地上埋下了希望的种子。三十年奋斗，三十年渴盼。我们历经创业、转制升本、立足创业、薪火相传、从无到有、由弱变强。三十年的发展史是无数华科人的奋斗史，他们披荆斩棘，锐意进取；他们披星戴月，日夜兼程。作为后辈，我们幸福地站在了前人的肩膀上，可以极目远望，看到祖国的未来，世界的前方。但我也要拼尽全力把发展母校、为国争光的重任扛在肩上，也为自己埋下一粒希望的种子。愿这种子在华科这片希望的田野上开花结果，长成大树参天，留下一片阴凉。

泱泱华科，繁荣吾帮，冀东新星，我们立志远航；

铮铮铁骨，华夏远扬，后起之秀，我们无悔远方！

母校啊，在你三十岁生日之际女儿为你献上这份小小的贺礼，愿你桃李满天下，绿树常青；愿你儿女遍四方，青春依旧。此时，你是我心中的自豪，你为我插上翅膀带我飞翔；明天，我愿成为你的骄傲，为你增光添彩再创辉煌！

你便是我遥想过的天堂。

我把青春献给了你

魏　婷

1981年我出生于重庆。1984年原国家煤炭工业部投资兴建北京煤炭管理干部学院分院，它是华北科技学院的前身。今年，华北科技学院迎来了三十华诞，我也已经三十三岁了。曾经的懵懂少女变成了一名五岁孩子的母亲、莘莘学子的老师。岁月丰富了我的人生，给我带来了宝贵的财富。心存感恩之余，却也猛然发现自己的青春如小鸟一去不回。在那短暂的青涩岁月里，我把青春献给了你。

十五年前，燕郊还没有步行街，没有像样的餐厅和商场，那时的"韩氏蛋糕"还只是个存在于铁皮屋里的小作坊，一大块的精装奶油蛋糕只要三块钱，小铁房子周围全是瑟瑟生长的玉米和青草。在北京郊区的一片荒芜之中，人就好似漂在一个孤岛上孤无所依。只有学校所在的地方能给人带来温暖，它好像是我迷惘中遥望的那一颗闪亮的星，让人豁然开朗。那时的天特别明朗，空气里都是清新的味道，我捧着书本在校园里飘荡，心里期待着那些未知的日子。在这里，我也曾穿上军绿色军装帅气地踢过正步；我也曾扎起马尾穿上白色T恤在操场表演运动会开幕式舞蹈；我也曾和姐妹们一起在食堂里跟师哥师姐们抢过饭；我也曾在礼堂的舞台上绽放过自己的光芒。在年少轻狂的年代，学校是一个让我又爱又恨的地方，我爱它的温暖和博大，恨它的荒凉，我想总有一天我要潇洒地离开它，飞向更高更远的地方。

这个机会真的来了。经过一次重要的考试，我真的可以走了。我拖着箱子微笑着，愉悦地跟朋友们告别，挥一挥衣袖，不带走一片云彩。

所谓的青春就是这样，踌躇满志，心高气傲。我到了别的学校，才发现华科的好。它不够历史悠久，但却永远新鲜；它虽不身处闹市，但却永远时髦；它虽不够学究，但却永远朝气。关键是华科的这些特质以一种奇妙的方式铸就在了我的血液里，不管我走到哪里，人们总是能很轻易地把我和其他生源的学生区分开来。作为一名离开华科的学生，我越来越感受到母校带来的荣耀。就像那些迫不及待想要离开母亲的怀抱、无限向往外面的世界的孩子，环游世界一大圈，最后发现最好的地方仍然是母亲所在的地方。离开以后，我开始怀念，怀念华科的教室、图书馆，怀念华科的师长，怀念我曾经的美好时光。

研究生毕业以后，我又回来了。我在这里做了一名快乐的人民教师。翻开2007年9月8日的博客日志，我这样写道："焦灼。做了个噩梦——去上课，没有教材，教物理，思维极度混乱，张口就讲管理学，学生纷纷离席而去……惊醒，呼吸支离破碎。还有，上课铃响，我还在找教室，找，疯狂地找，找不到。我怀疑自己是否正常，其实，我只是想做个好老师而已，想让自己教的课活色生香。唉，那怎么可能呢？学习本身就不是一件诗情画意的事情。曾经一度我以为自己可以不用跟学习打交道了，可是现在我仍然没能逃脱学习的命运，甚至在学生时代我都没有像现在这么刻苦过。如今，世界颠倒了，我把自己也绕糊涂了。要学术深度还要魔幻有趣，要让学生意犹未尽，要让人人都爱上学习。焦灼，似火。我要做火，不能被谁浇熄。"是啊，当初的我的确是一个非常稚嫩的老师，看面相也比学生大不了几岁，也有过被电梯司机赶出过"教师专用梯"的尴尬，可我摸摸自己的心，我发现它的确是很真诚地在告诉我——我想要做一名好老师。我在这里，当过班主任、管过实验室、上过专业课、编过报纸。我有自己的压力，但我很快乐。我喜欢在华科迎接新一天的第一缕曙光，我喜欢在操场跑步听熟悉的"校园广播"，我喜欢学生们笑盈盈地叫我"老师"，我喜欢……

在华科的岁月里，我经历了从大学生到老师，从单身女子到孩子母亲的蜕变，我就这样献出了自己的青春。青春无比珍贵，但我想说——青春无悔！

爱让我们相守一世

寇炳俊

我从 2003 年踏上华北科技学院这片热土的那一刻起，便深深爱上了她，爱她的苍松翠柏、爱她的朝气蓬勃、爱她的严谨治学、爱她的锐意进取。如今，我已和华科共同成长近十一年，在这里，我收获了爱情、家庭、事业，收获了亲情、友情、师生情，我已融入华科的血脉，华科已融入我的生命，我眷恋着她，一生一世。

初识华科

2003 年 3 月 16 日，我第一次踏入了华科校园，满眼郁郁葱葱、风华正茂，满耳书声琅琅、挥斥方遒，真是一片充满朝气与希望的田野。我有幸参加了华科外语系的试讲，只记得致远楼八层的一间教室里，有 20 多位老师莅临，后来得知这其中有学校的张骥校长、人事处处长及几位老师、多位学校督导、全系党政领导、高级职称教师，这么多领导、教师亲临现场，我充分感受到学校对教师的高度重视、对工作的高度负责、对业务的高度要求，心中无限憧憬：如若有幸在这样一个大家庭中成长，自己的业务怎能不提高、自己的发展怎能没前景、自己的生活怎能没奔头？当年七月，我圆梦华科。

扎根华科

学校、学院对每位青年教师的成长寄予厚望，精心栽培。2006 年，为了解决外国语学院年轻教师学历层次不高的现状，在栾院长的努力争取下，10 多名年轻教师统一报考了河北师范大学硕士研究生，河北师范大学的老师在假期进校为我们授课，为我们这些年轻教师省去了多少自我报考分神之累、两地奔波之苦；别的兄弟院部的同事好生羡慕，我们抱着感恩的心，通过努力，大多数教师顺利获得了硕士学位，更加坚定了自己踏实工作、献身华科的信念。

献身华科

我如今已在华科外国语学院工作近十一年，十一年的学生工作经历，让我真真正正地感受到了教师的伟大与光荣，我曾感受到为了挽救网瘾学生而长期和他周旋于网吧、宿舍、家庭的心酸；我曾感受到由于突如其来的车祸夺走亲生兄长的贫困学生在受到我长久的帮助后放声在我肩头痛哭、要我做他的兄长时的甜蜜；我曾感受到为一位心理不健康的学生连续工作 19 个小时而对家中刚满一周岁的女儿发高烧却无法照顾的苦闷；我也曾感受到在特定时期守住学生工作安全这一底线时工作压力的辛辣。

但我无怨无悔，我热爱我的事业，我热爱我的学生，我热爱我的领导和同事，我热爱华科。是华科教会了我何以为人，是华科教会了我何以为师，是华科教会了我何以为业。我愿献身华科。

2014 年是华科的三十华诞，是"爱你一世"的好年份，也是农历马年，我真心祝愿年轻的华科一马当先、马不停蹄、龙马精神、马到功成！

一人一华科

——致我敬爱的母校

乐小刚

自立立人，兴安安国。简单的八个字，却在每个华科学子心中都留下了一段深刻的回忆。短短的八字两句，使无数华科学子以信仰寄托。无论是身在全国各地为了生活奋斗的毕业学子，还是在校为了未来而默默学习的同学，想到自己的母校，都会有很多心语想对自己的恩师和母校倾诉。因为，他们每个人都把或者将把人生中最精彩的四年情感、时光、汗水挥洒在华科的校园中。想必当历史的年轮在每个人的身上留下沧桑时，每个人都会有一个不同的关于大学，关于青春，关于人生的故事。每个人对"自立立人，兴安安国"的理解将又有一番改变。一人一华科，一人一故事。

2011 年的夏天，知了在树上吱吱吱没完没了地叫着，不知道是叫唤天上的焦阳烈日，还是为时下正匆匆忙着开学的学子伴奏。对于我来说，那是第一次来到首都北京的时刻，原本以为北方的天气没有南方那么燥热，但是穿着短袖的我还是出了一身的汗。当我坐上由北京西站到华科的车以后，沿途的风景再也不像以前那样值得认真品读了，相信那时整车人的心中都在想象未来要陪伴自己四年的地方会是什么样子。但是对于想象力极度丰富的人类来说，华科的景象还是与想象中有一定差距的，当车子驶进学校的那一刻，所有人的眼睛都一直看着窗外，虽然没想象中的那么好，但是华科给我的第一眼印象就是——树真多。我来自南方，第一眼便被这大片大片的北方高大傲立的树木所吸引。我的华科生活，从许多的高大葱郁的北方大树开始了。

很多读过大学的人都说，大学生活是无忧无虑、丰富多彩、自由自在的。确实，大学给了我从未有过的感受。首先，感谢食堂师傅没有给我这个初来乍到的南方学子感到饮食非常不适的机会。生活、学风上的自由让刚从高中来的学子一下子迸发出了无限的热情。学习、运动上的劳逸结合让我们每个身在华科的学子无限畅快。品质、情感上的耳濡目染让整个华科显示出一副无比和谐快乐的景象。

身在华科也已经快三个年头了。大一时候的我们，沉浸在各种社团活动、公益活动的充实感中，那时的我们常常忙到没饭吃。学长学姐们带着我们体验着大学的各种滋味，同时学校领导和老师们也不断给我们鼓励、支持及帮助，让我们尽量快地适应在学校的生活。那时的我当然也是乐在其中，每当有活动的时候都会想去尝试下，或者过去看看，因为我相信每个活动都会有所收获，都会有不一样的感受。但是不可能让一个学生把所有的精力都投入到活动中去，经过老师的建议，我最后便只在学生会和一个社团留了下来。这样学习之余，就有足够的时间忙自己喜欢的活动了。等周末到来的时候，听着歌，在校园的树下坐着看看喜爱的书籍，闲暇时漫步在美丽的校园中，也是很美妙的。太阳快下山的时候，去球场打一场球，出一身的臭汗，跟几个哥们一起大汗淋漓地回宿舍，更是一种美的享受。运动后的酣畅，带上课本，去自习室或者图书馆安静地坐下，在那浓郁的学风中，感受那一种畅游在知识中的宁静感，让你不禁想到，这才是我要的大学生活。在校园的日子，或许是每个人最值得怀念的。经过大学生活的洗礼，我相信每个人都会变化的，大学的自由生活使我们都学会了如何安排自己的生活，如何过自己想过的生活。通过各种活动也让我们体会到，在不同的岗位需要的每一种不同的品质与能力，同时也体会到，在不同的岗位需要的同一份的努力与坚持。

大一的生活固然精彩，却不得不随着时间的流逝成为我们心中的一份回忆。在随后的大学生活中，我们同时保留着那份纯真与不懈的动

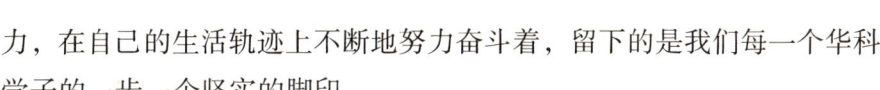

力，在自己的生活轨迹上不断地努力奋斗着，留下的是我们每一个华科学子的一步一个坚实的脚印。

或许大学的生活让你尝遍了生活的酸甜苦辣，从大一充实快乐地不断探索到大二孜孜不倦地在每个角色上尽情地工作，再到大三平平淡淡地为自己的以后着手计划并没日没夜地奋斗。其中的每一日每一夜都将留在我们每个人的记忆深处，那是我们青春的脚印，是我们人生路上一道最美丽的风景。在大学，在华科，我学会了很多有用的专业知识与技能，也学会了如何在自己的角色上发出那一份微弱的光，即使以后的路再难，我们也会如此，因为这是华科给我们每个学子的宝藏，我们更学会了在以后的道路上，应该且行且学，以谦虚的态度面对一切，以诚恳的真心面对一切，以过硬的专业技能及不懈的努力面对以后的生活。在大学，在华科，每天都有不同的故事在不同的学子身上发生，在这片知识的土地上，每天有人充实快乐，每天有人越挫越勇。其中滋味我们冷暖自知。莘莘学子在这里挥洒青春，流下汗水，学子们的汗水就像汇聚成一条延绵不绝的河流，上面镌刻着"自立立人，兴安安国"。

一人一华科，一人一故事。我们的故事还在继续，我们的故事终将成为历史，但是还会有无数的华科学子，在历史上谱写着华科的传奇，续写着华科的历史。一个人，一段时光，一个人，一篇成长。在华北科技学院成立三十周年校庆之际，我感谢我的母校，感谢我的恩师，感谢华科给了我这三年美好的青春时光，感谢恩师对我的敦敦教诲和无私帮助。祝母校也像我们华科学子一样，茁壮成长，再创辉煌！

母校随感

史毅波

　　离开了母校，才发现对母校的留恋是如此的深沉。我留恋同学间的欢声笑语，留恋老师的谆谆教导，留恋三年里的蹉跎岁月，留恋激情燃烧的大学生活……这其中，有说不出的酸甜苦辣，有道不明的人生体会。闭上眼睛，思绪飘向遥远的母校，一切都是那么的熟悉，那么的亲切：一草一木，都牵动出绵绵不绝的回忆；一砖一瓦都激起了内心深处的感动。我深深地沉醉在迷人的校园景色中，任思绪自由飞翔……

　　我坐在宽敞明亮的教室里，再次想起了教导过我们的老师。孙仕敏老师的"大白菜营销学"通俗易懂，王砥老师的"徐工广告学"深入浅出，高新阳老师的"小明会计学"严谨细致……母校所有的老师，我感谢您们！是您们，塑造了我们的灵魂，把无私的爱和全部精力倾注在我们身上；是您们，用心灵的清泉滋润我们理想的花朵，用知识的甘露孕育出鲜美的果实；是您们，孜孜不倦地教诲，让我遨游在知识的海洋里流连忘返。

　　我抚摸着学生宿舍的墙壁，这里留下了我们太多的回忆，爱情友情、欢声笑语、苦涩甜蜜……曾经在这里，我们那一群壮志未酬的热血青年，多少次围着一个17寸的黑白电视为中国健儿呐喊助威；多少次开展紧张的CS宿舍挑战赛；多少次夜不能寐，召开"卧谈会"畅谈人生理想。而现在，想起熟悉的宿舍楼进出着的身影，我怀念起我的同学，怀念起我们一起走过的日子。

　　我梦想漫步在图书馆的书架中，可能里面的书籍比我们那时更加琳

琅满目，却依旧飘逸着书卷油墨的清香，这是一个无边无际的知识的海洋，这是一个需要我们用一辈子去遨游的知识的世界，你只要站在这里，便会感到增添了很多的智慧。我们在这里留下了追求知识的脚步，而这里留给我们的智慧将会让我们受用终生。

我又想起了熟悉绿茵场。回忆起早起锻炼的往事，我仿佛又回到那段激情澎湃的岁月。在这里我们曾经挥洒汗水，在这里我们曾经为胜利欢呼，为同伴喝彩。虽然我们已经走出了校园，但我们今后的人生道路就像这环形的跑道，永远没有终点，我们会继续挥洒汗水，愿母校为我们欢呼，为我们喝彩。

如今，新的教学区建起来，新的教学楼盖起来，新的教学设施安装起来，母校正在用新的气象为学生创造宁静致远、优雅先进的学习环境；正在用新的光辉来兑现她务本维新、厚积薄发的承诺。对此，虽然我们已经毕业，但仍然感到无比的自豪，因为我们的成长得益于母校的发展壮大；母校的成长永远激励着我们不断进步。我们愿同母校一起成长。

母校让我的生命里充满了理想和信念，充满了爱和温暖，母校给予我做人的启迪和方向，孕育着我对明天的希望。母校已经延续在我的身体和今后事业中，我怀念母校，更感谢母校。

是母校激起了我对知识的渴望，增加了我的知识储备，助我成材，助我飞翔。基础课、专业课、实习课，课堂上的精彩，让我们我们懂得了正态分布，让我们学会了会计账目，让我们通过了英语六级……课堂外，社团活动、同学交往、社会实践让我们认识了举行活动所必需的素质，让我们明白了同学之间真诚的可贵，让我们看到了社会对我们的期待和要求。也许这些便是知识的真正内涵：做学问、做事和做人。母校为我指明了方向，在追求知识的道路上我们会继续远航。

是母校赋予我生命新的意义，指导我走好人生的每一步。有人说生命的意义来源于生命中的经历，在我风华正茂的人生阶段，母校让我见识了大学的气派和恢宏，母校带我走进了知识的海洋，母校让我拥有了幸福的爱情友情。三年里，我参加了很多社团，尝试了很多新的事物；三年里，我经历了许多的挫折失败，在迷惘中渐渐认清了自己；三年里，我也用辛苦换来了成功，意识到成功需要很多人的共同努力。大学生活虽然短暂，但因为有了这些，我无怨无悔。

　　是母校光彩夺目的英姿让我重拾梦想，重新认识了自己。三年前，怀揣着梦想我来到了母校，三年后，我同样怀揣着梦想走向了社会，此时的梦想因为大学三年的经历而变得更加成熟、更加真实。为了这个梦想，我曾在迷惘中摸索，我曾在挫折中彷徨，我曾在失败中挣扎。历经了沧桑的梦想是全新的梦想，拥有了全新的梦想，我便是全新的自己。因为我不再是稚嫩的雏鸟，不再是轻狂的少年，而是已展翅翱翔的雄鹰，是即将托起祖国明天的龙的传人。

　　有一种铭记在心的记忆，是怀念。有一种心灵深处的悸动，是感恩。有一种跨越时空的祝福，是歌颂。怀念母校，我们因为有母校而骄傲；感恩母校，愿母校因我们而自豪；歌颂母校，衷心地祝福母校的明天更美好。

我是一棵树

张玉莹

你知道吗？我是一棵树，从 1984 年开始，我就在现在的华北科技学院落户了。回想起来，那时我还是一粒种子，随风飘荡到这里，不知为什么，或许是校训"自立立人，兴安安国"这八个字的吸引吧，虽然当时还不明白这八个字是什么意思，但我就真的在这里降落了下来，然后安家……

你知道吗？我是一棵树，在我还是婴儿的时候，这里的名字还不是现在的"华北科技学院"，而是"北京煤炭管理干部学院分院"。每天躺在土壤怀抱里的我对新家特别好奇，尤其是听到上面人们的欢笑声、讨论问题的声音还有忙忙碌碌的脚步声的时候。但无奈我的力量不够，不能离开土壤的保护到地面上去，只能在黑暗中独自思索"自立立人、兴安安国"的含义。我知道我必须经过一个漫长的过程来思考、来积蓄力量。很久之后的一天，我被地面上的锣鼓声和欢呼声牵引，凭借自己积攒的力量，破土而出！在冲出土地禁锢的一瞬间，我想我有点明白"自立立人"的含义了。我清楚地记得，那一天是 1989 年 10 月 24 日，是北京煤炭管理干部学院分院的落成典礼。积蓄了好久的那些力量，终于在这一刻释放了！当然，这一天也是我得到感悟，同时也让我兴奋的一天。而我也终于知道，我的家坐落在河北省三河市燕郊国家高新技术产业开发区，毗邻北京，位于首都东部。距天安门 35 公里，距首都机场仅 25 公里。原来我就在祖国的心脏上！

你知道吗？我是一棵树，在我还是少年的时候，和风儿成了好朋友，她经常把看到、听到的事情告诉我——她说从1987年到1992年，分院举办各类短期培训班已经有279期了，培训学员达到17 039人，培养成人专科毕业生1500多名。她说分院建立国内一流的人机工程实验室了，是和联合国合作的呢。

你知道吗？我是一棵树，在我刚刚成为青年的时候，分院改制为华北矿业高等专科学校，还在1993年举行了揭牌仪式和新学期开学典礼，名字虽然变了，但我知道，学校里的老师还是那么敬业爱岗，学生还是那么刻苦钻研。后来，有色金属管理干部学院并入华北矿业高等专科学校，这更是对学校各方面能力的肯定！到了2002年，教育部正式批准华北矿业高等专科学校升格为本科院校的时候，我更是激动万分。——这是我的家啊！我的家！而且不久以后我最喜欢的华北科技学院图书馆新馆就要开始投入使用了，新馆里阅览座位有2000多个呢。馆藏文献多达80多万册，年均采集中外文图书还要8万册以上呢，而且征订中外文报刊1600多种！这还不止，图书馆还购置中外文数据库、多媒体资源系统等各类数据库20多个，电子图书60多万种，全文期刊近2万种，博硕士论文近百万篇，各类中外文全文数据库17个！……我知道，"自立立人"离不开知识，"兴安安国"更加离不开知识，而现在我的家简直就是一片知识的海洋啊！生活在这样的家里，我激动，我幸福，我骄傲。

你知道吗？我是一棵树，正值青年，已经有了自己的家庭，有了可爱的孩子们，每天我站在校园里总会看到好多人、听到好多事，于是经常用这些人和事教育孩子们。在开学的时候听着新生军训喊出响亮的口号、看着他们迈出整齐的步伐从身边走过，我告诉我的孩子要像他们一样乐观阳光、坚强稳健、敢于挑战自我并超越自我；正式开课的时候，我告诉孩子要像校园里的学生一样对需要帮助的人施以援手；我告诉孩子要像他们一样明礼诚信、团结友爱；我告诉孩子要像老师一样敬业奉献、品德高尚；我告诉孩子要像学校的工作人员一样勤劳勇敢；我告诉孩子勿以善小而不为，勿以恶小而为之……每天看到学生们和老师们三

心灵的歌声

三两两从我身边经过，脸上都挂着幸福的笑，我想他们和我一样，在我们共同的家里生活的很幸福，而且都很爱我们的家。

你知道吗？我是一棵树，我有一个让我感到幸福和骄傲的家。

你知道吗？我是一棵树，我要把家里的事记录在我的每片叶子上。

你知道吗？我是一棵树，我在成长，我的家也在不断成长。我会更加高大粗壮，我的家也会更加先进辉煌。

你知道吗？我是一棵树，我的每片叶子都随时准备记录我家——华北科技学院的新篇章！

平凡的守望

梁国利

我从农村考上大学，是幸运的，上学时留给我的记忆仿佛是在梦境中一般。现在我已到不惑之年，母校也将迎来她三十岁的生日，时光荏苒，岁月蹉跎，在自己还没有飞黄腾达之前也只能写下一些文字表达对母校的记忆与感恩，以表寸草之心。

华科坐落在燕郊，此地素有"天子脚下，御驾行宫"之美称，自清康熙年间在此修建出京首站行宫，成为清朝历代帝后出巡拜谒东陵驻跸之所，距天安门30公里，物华天宝，人杰地灵。华科既得地利之便捷，也获环境之清雅，确实是读书学习的好地方。

我们是1993年煤炭管理干部学院分院改制为普通高校后招来的首批学生，入学时也就460多人，在学习生活中我与宿舍的老大，隔壁宿舍的张瑞，以及我的老乡老崔结下了深厚的友谊，许多师长对我也是关爱有加，大学的每一段时光都是那么珍贵，就像颗颗闪亮的珍珠。

宿舍老大绝对是文艺范儿，比我大五岁，很有文学才华，用现在的话说他就是个文艺青年。他自称情场高手，谈情说爱可是他的头等大事，号称两天可以将一个女生"拿下"。我们听得半信半疑，对他来讲大学可能真成了"伊甸园"，每个学妹走过都可能是他心仪的目标，在他眼中分管学生工作的王书记就是"王母娘娘"，总要将他与他的"小仙女"分开。

与宿舍老大不同，我对王书记的印象倒是很好的，记得入学报到的第一天，我就被优美的校园所吸引，绿树、鲜花，俊美的高楼，校园与

我们的中学比起来也太大了，好长时间走不到头，带我们报到的是一个中年女老师，她还帮我们提行李，将我们一行人带到宿舍，路上给我们介绍学校的情况，告诉我们以后学校会安排去北京及其他地方活动等，后来才知道那就是学校分管学生工作的王书记。

教室、宿舍、图书馆三点一线，这就是我大部分的学生生活。我们的课程倒不是很紧张，下午基本没有课，一开始真不适应。干点什么呢？大学究竟要如何度过？一天我看到学校学生会招聘，就报了名，也顺利被选上了。第一次学生会开会，团委书记很恭敬地请学校领导讲话，我才知道带我们报到的女老师竟然就是王书记。

学生会的干部那时也很重要。印象很深的一次是王部长来学校检查工作，一定要在食堂吃饭，学校团委安排我们和上级领导一起吃饭，其实很简单，就是打份饭和领导在一个桌上吃。当时与我们同一桌的是陪王部长来的一位司局长，看起来就很有学问的样子，谈吐也是不凡，他先跟我们唠了会儿家常，然后他谈起了大学应该学什么："除了学习基本知识，主要是形成学习方法，形成自学的好习惯，将来工作了，有利于适应新环境与新情况。"现在想来这句话真让我受益终身，从工作到参加自学考试，再到后来考上了研究生，直到现在，我也没有停止过学习，也许就是被这位领导给点化了。

开学后没过两个月，宿舍的老大、老二就有了女朋友，老三也发现了自己的梦中情人，是一个邻班上课的长发及腰的女孩，走在走廊上就像不食人间烟火的仙女，老大总鼓励他去追，他总是说等风停了就去追，可几个月下来，好像每一天都有风。

我每天都在研究电脑，总和张瑞一起在机房呆着，也不断地想大学到底应该学些什么。

有一天，老大对我说："给你介绍个女朋友。"我问："谁呀？"他说："月亮的脸。"我说："算了吧，我怎么能排上号呢。"

"月亮的脸"是一个女孩的别名，因为在中秋晚会上唱了一首歌而得名。那是我们入学后的第一个中秋节，学校安排了文艺演出，地点就在教学楼前的广场。教学主楼那可是当时燕郊的地标性建筑，尤其是楼上的微波天线，非常有科技感。楼前是一个很霸气的台阶，离地有一层楼高，分两级，中间有一个平台，也就是演出的舞台。楼前的广场也很宽阔，足以容纳我们当时的所有在校生，记得当时我们宿舍的五个兄弟都去了，那个女生正在唱孟庭苇的一首歌《你看月亮的脸》，她可爱的形象与甜美的声音，简直就是校园邓丽君了。那天的月亮也特别亮，当她唱到"你看，你看，月亮的脸偷偷地在改变"时真将手指指向了月亮，大家也几乎同时去看月亮，当时现场的情景真的是美轮美奂。"月亮的脸"也因此一夜成名。

我始终在探索大学应学点什么，在大二时与张瑞一起创办了计算机协会，一有机会就去北京看电脑展。我对老大的爱情生活也没太多时间理会。班主任老师希望我们将精力都放在学习上，苦口婆心地劝我们，谈恋爱会耽误学习，上学还是以学习以主，德育课上王书记还给我们认认真真上了一节关于爱情的课，告诉我们要树立正确的人生观、价值观与恋爱观。

时间过得很快，转眼就大三了，我将计算机协会的工作交给了95级的老乡老崔，他更有闯劲，办什么事都很热情。协会的核心成员也有五六个人了，个个电脑水平高超。不仅技术得到提高，更重要的是电脑影响未来的认识更加深刻。我们将苹果公司CEO乔布斯的名言"一个人一台电脑就可以改变整个世界"挂在墙上。那时我已经有了一个清晰的轮廓，要成为"电脑＋管理"的人才。现在看来以电脑为基础的互联网经济正在以更快的速度推动社会与人类的发展，并且这一趋势绝对不可逆转。

宿舍老大经过近两年多的磨练，真成了谈情说爱的高手，快毕业时我们都忙着做设计，老大也很忙，女朋友提前我们一年毕业，他隔两三个月去看一次，但平时也不闲着。有一次他跟我说："这一星期要约会六个女孩，周一到周六排好时间，不能撞车，周日休息。"我说："真的假的？"老大一笑："你哥我那还能是假的。"

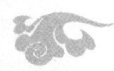

很快我们就毕业了，当年的校园情侣大多没有成功，老大也一样。毕业后我留校工作，老大去了煤矿，矿上的人也都知道他有个省城的女朋友，婚礼都筹备好了，就等迎娶新娘了，可这时女友却通知了他分手的消息。后来老大说自己急火攻心病了一个星期，而后又用一个星期的时间，完成了与另一个女人的订婚和结婚。

张瑞毕业后，先去了矿上，而后停薪留职，正像我们当年约定的一样，一把螺丝刀闯天下，去北京中关村做电脑硬件生意了。老崔毕业后就一心想留在北京，直接在北京漂着，睡过公园，守过病号，从业务员做起，逐步创办了自己的公司，专做电脑软件。我则一直在坚持学习，参加了计算机专业的自学考试，而后又读了工商管理硕士，完成了"电脑＋管理"的构想。但我们是否是人才呢？这恐怕还需要进一步的验证。

二十年的时光过去，我感到大学生活真的改变了我们，使我们每个人不同。但对一个人来讲，你可能没变，还在坚持你当时的梦想，哪怕是偶然踏进了一片天地。

我想今天我回答了自己的问题。大学到底学什么？丢掉小农意识，学做一个有梦想的人。

青春圆舞曲

安亚静

2011 年 9 月 2 日晚，北去的列车缓缓驶开。窗外一片黑色，看不到星星的模样。嘈杂的车厢对于第一次离开家、第一次坐火车的我来说有些激动和欣喜。而一夜之后，那个大学将会怎样接纳我的到来？我很好奇。

写给父母·圆梦大学

我的母亲是个要强的女人，一辈子想走出农村却被困在农村一辈子。外婆重男轻女将两个儿子送入龙门却中断四个女儿的学业，让她们从小学着洗衣做饭、操持家务。十几岁的母亲倔强地哭着喊："凭什么让你的儿子上学，不让我上？"外婆道："女娃读那么多书有什么用，还不是要嫁人？"母亲把"学习改变命运"奉为自己一生的座右铭却在初中时不得不中断了学业。多少个烈日当头的午后，母亲在那块田地播种、耕耘、收获。四季轮回，年年岁岁，时光带走了母亲青春的容颜和曾经对生活的挣扎，留下的只有对我和姐姐殷切的希望和对这个家无尽的付出和操劳。

如果母亲像脚下坚实的土地，那么父亲则像一方高远的天空。父亲在小学三年级时便因家中成分不好不堪侮辱放弃学业，回到家里分担家务。父亲虽然念书不多，却是个很有智慧、幽默的人，什么事也难不倒他。在我觉得我会和村里的那些女孩们一样，过着初中毕业然后去南方打工这样的生活时，父亲却不受村里人重男轻女思想及拮据的家境影

响，毅然把我和姐姐从镇上的初中转入县城里最好的初中。我是父母生命的延续，更像是他们梦想的延续。即使是在家中经济不好的日子里，他们依然大方地给我买书。是的，在他们朴素的世界观里一直坚持着"读书改变命运"的真理。

让我在那个高三坚持的动力或许不仅仅是自己志在学习中文的遥远的梦，更多的是想要对他们的付出加以回报。父母的期盼，几十年如一日在黄土地上的辛苦及曾经为了我学业的左右奔走，每每想到这样的生活，我想我该给他们回馈，让他们感到欣慰，这不是义务，是责任。这样的原动力一直给我莫大的勇气牵引我在那个春天一路坚持。告别六月的考场，迎接七月的朝阳。收到大学录取通知书的那天下午，父亲把崭新的通知书拿在手里，左右端详，一字一字地念着，比我还高兴。我的坚持不就是为了此刻他们脸上满足与幸福的笑吗？梦想花开，他们笑靥如花。一切都是值得的。

写给恩师——文学天地，诗意栖息

当文凭缩水、知识贬值，大学教育的意义引来热议与质疑；当大学生的薪资不如农民工、当学历不再成为评判一个人能力的绝对标准时，我也在怀疑，大学之于我的意义在哪里？面对自己不喜欢的专业，我或许还没有找到方向，度日如年的感觉让我终于逃离法学的枷锁，回归文学的天地。曾经很多人问我法学专业那么好，为什么要转入汉语言文学专业。这种质疑可以理解，毕竟法学的实用性大于汉语言文学，只有生存下去才能谈生活。考虑了很长时间我决定还是要忠于自己原来的想法，法学的严谨与理性和自己过于感性的思维格格不入，与其这样，不如回到自己喜欢的那片天地吧！

谢谢你们，中文系这些可爱可敬的老师们！你们让我觉得来到中文系绝对是我大学里做的最正确的选择。是你们的谆谆教导让我进入知识的宇宙，于天地日月之间，在时间的长河中以书为伴，知识作友，学会思考，感受生命，体味生活。

风趣幽默、极具北大文人学者气息的金安辉老师上课轻松活泼，旁征博引，通俗而不失韵味。他又写得一手好文章，深刻的道理在他的笔下总能与当下社会的头条事件联系起来，语言又押韵诙谐，读起来朗朗上口。

人称"吉博"的吉新宏老师，在他课堂上我可以充分享受思考的快感。他曾说："在我的课堂上你们可以有精神的自由。"从文学理论到文艺美学再到文艺心理学，吉老师每一节课都会为我们打开一扇新的窗，每一扇窗都是一个新的视角，用新的视角重新走进文学。他的课上传递给我们的是一种关怀，包括情感关怀和人文关怀。从在第一节文学理论课上说的"品味文学、品味文化、品味人生"到第一节文艺美学课上说的"用美学的眼睛看艺术，用艺术的眼睛看生活"再到第一节文艺心理学课上说的"领悟文艺、领悟人生、领悟自己"。这种将文学与生活、与人生、与自我的关怀体现在他对《红楼梦》、对孔乙己、对阿Q的既有高度又有深度的解读中，体现在他对文学作品、文学理论的诠释之中。从柏拉图到黑格尔、康德、福柯、马克思……枯燥的文学理论变得有趣，老师上课时全心地投入总能把我们带入他思想的轨迹，每节课结束都是累并快乐的感觉。在讲到喜剧时他的结束语让我曾经长期压抑的情绪释怀："沉重人生，轻松一涮！在平凡人生中识见深刻价值，在繁忙劳碌中增添高雅情趣，在逆境波折中泰然自若，在心智思考中包容万方。"从深刻回到真实的生活，他的课似乎已经成为一种解药。文学本身也就是一种解药，宽慰心灵，宽慰生命。

写给母校·青春作伴

当接待新生的校车经过燕灵路口，进入学院街，"华北科技学院"注定成为我一生的印记，作为青春的见证。从刚到来的生疏到再来时家一般的感觉，它已经见证了我的蜕变。三年时光流转，学校还是恍如昨日刚来时那般新奇。

从新生军训到观赏校园，从课堂汲取知识再到课外的娱乐生活，我

心灵的歌声

对学校的了解逐渐增加，对学校的感情也在加深。春天，在图书馆前的小花园品味玉兰花的阵阵飘香；夏天，在凉爽的大树下感受宁静的诗意；秋天，在杏树林里享受满眼金灿灿黄叶的震撼；冬天，在下了雪的操场和朋友们一起打雪仗。春夏秋冬，四季都有它不一样的风景。四年的大学生活在走向尾声，青春却不曾老去。在最美的年华里，我做着自己喜欢的事，我的青春注定不是用来怀念的，而是用来奋斗的。学好专业课知识，为自己以后的工作打下基础；利用课余时间培养自己的兴趣爱好，使大学生活丰富起来。我亦是一个热爱书法的人。一点一横，一撇一捺便勾勒出文字的美感，或圆或方，或清秀，或豪放，或如奔腾的瀑布，或似潺潺溪流，这些书法艺术上的美无不给人另一种视觉上的享受。字如其人，优秀的书法作品就是这样在时间的长河中保存着古人身上的某些气度，或一时沉郁而书，或情急之处便挥毫泼墨，或见其性格之严谨而不失活泼，或在行云流水的字迹下显现弄笔之张弛有度。在博观楼练习书法的日子简单而美好，每逢阳光透过窗户，打在毛边纸上的亮光跳跃与笔尖的起承转合成为最默契的搭档。

母校华北科技学院在三十年的岁月光华里策马奔腾，一路向前，以"自立立人，兴安安国"为使命，始终为每一位学子提供最好的服务和学习环境。母校是年轻的，我也是。我相信，这所年轻的学校将会以它矫健的步伐开创新的辉煌，我也会用自己的努力书写美好的明天！

风雨三十年

罗　建

　　这里底蕴深厚，自古为京东重地，因春秋战国时地处燕国都城城郊而得名。这里历史悠久，唐宋以来，商贾云集，店铺林立，街市繁华，文化兴盛，是谓政治、经济、文化之中心。清朝康熙年间曾在此建造行宫，作为清历代帝后出巡拜谒东陵驻跸之所，素有"天子脚下，御驾行宫"之美称。这里物华天宝，文人骚客，多汇于此，有诗《烟郊行宫雨中即景》为证：

> 雨启行旌雨驻跸，一犁远近喜均沾。
>
> 寻常哪识烟郊趣，佳处今才亲切拈。
>
> 烟丝霢霂复空濛，郊野春光迥不同。
>
> 更上小楼聊极目，笠云蓑雨遍东南。
>
> 歌舞农夫怨行路，东坡此语未云然。
>
> 试看布帐渐淋者，谁不心欣利大田。

　　正是在如此秀丽之地，高等学府华北科技学院应运而生。时光飞逝，白驹过隙，明灭之间，华科已迎来三十年诞辰。三十载，一步一个坚定的脚印，矫健勇猛，裹挟着巨人的力量。三十载，一年一层喜人的发展，金碧辉煌，酝酿成璀璨的明珠。辛勤耕耘，细心浇灌，播种一畦有一畦绿色的希望，桃李满枝，硕果飘香，收获一个又一个人生中的灿烂。回眸三十年的历史，华科像一位襁褓中的婴儿，经过蹉跎的岁月，变为三十而立的壮年；像一棵劲松，独立于冰天雪地之中；像一只雄鹰，翱翔于蓝天白云之下；又像一匹骏马，驰骋于千里平原之上；更像

正午的骄阳，散发着激情与火热。

1984年，华科诞生，时名为北京煤炭管理干部学院分院。1989年10月，北京煤炭管理干部学院分院举行了隆重的落成典礼。按照"边建校，边办学"的方针，从1987～1992年，学院举办各类短期培训班279期，培训学员17039人次，培养成人专科毕业生1500多名。在李振德为党委书记、王家棣为院长的党政班子领导下，分院形成了一支钻研业务、扎实工作、爱岗敬业的教职工队伍，初步形成了"团结、勤奋、求实、创新"分院精神。学校领导班子不失时机地提出了"办好专科，争办本科，上下延伸，跨越发展"的新思路。功夫不负有心人，在各位领导和相关方面的努力下，2002年3月18日，教育部正式批准华北矿业高等专科学校升格为本科院校。华北科技学院揭牌庆典在运动场隆重举行，教育部、国家安全生产监督管理局、地方政府及兄弟单位的各级领导和来宾热烈祝贺学校"专升本"成功。至此，母校再创佳绩，迎来了一个新的历史时期。时至今日，华科已在历史长河中默默行走了三十载。三十年，华科经历了风风雨雨，但同时又创造了一个又一个辉煌。三十年，华科浩浩荡荡地向着中国教育事业的高峰迅猛进军，势如破竹，五年一小变，十年一大变，为国家培养了一批批栋梁，为教育事业作出了巨大的贡献。三十年的时间或许不能使一个民族强大起来，但却可以让一个民族的教育强大起来。华科的成长无疑向教育界展示了中国教育事业的蓬勃发展。

曾几何时，这里冷冷清清，人迹罕至；曾几何时，这里遍地荒芜，百废待兴；再观此时，校园内风景秀丽，鸟语花香，花草树木，茂盛林立，一派欣欣向荣的景观。学子奔走往来，络绎不绝。高楼大厦，并立于校，一改前时之景观。新增校舍校区，科研试验仪器扩充，图书馆藏书数量之多，涉猎范围之广，师资力量的雄厚无不见证了三十年的历史，三十年的发展，印证着华科一步步成长起来。

清晨，当第一缕阳光洒进校园的时候，你便可以看见一批勤劳努力的"小蜜蜂"整齐地排列在图书馆前，开始了一天的辛勤耕耘。近而观之，他们手捧图书，或琅琅诵读，或默默背记。他们或蹲或立，形态各异却殊途同归：为了心中的那只青鸟，为了心中的那个梦……学子们深知学院积极推行教学改革，内容涉及人才培养目标、教学计划，更深悟"自立立人，兴安安国"的校训。于是学子们便在漫漫求学路上以朴实的态度治学，探寻真理，遇之不诲，或与同学探讨，或询问师长，严谨治学。师长们教育我们要有艰苦卓绝的吃苦精神，面对困难永不服输，努力奋进，勇往直前，常以名句"长风破浪会有时，直挂云帆济沧海"来激励我们追梦，又以"淡泊以明志，宁静以致远"来教育我们做人。对于治学，师长们亦是谦虚谨慎，常说教学相长，在带领同学们遨游于知识的海洋的同时，更使自身得到进步。学院还确定了"德育为首，教育先行，管理从严，以学为主，全面发展"的学生工作指导思想。在培养和造就"四有"新人过程中，学院高度重视学生思想政治教育，把思想政治素质作为最重要的素质来抓，经常对学生进行爱国主义、社会主义、集体主义教育，引导学生健康成长，整个校园形成了催人奋进的良好政治氛围。

　　三十年的风雨沧桑，三十年的艰苦创业，三十年的光阴流转，三十年的薪火相传。回忆往昔三十年，带给我们的是骄傲；展望未来，华科定会再创辉煌。往事如歌般美妙，未来如诗般美好。华科定会桃李满天下。千言万语抒不尽满腔深情，只道句：明天，华科会更好！

时间做媒，华科为家

谢晓雪

我的心头住着一个老灵魂。

我偏执地对某个夏天里不经意的一个回眸痴痴眷恋，那个夏天连木格子里都沉甸甸地装满记忆，好也罢，坏也罢。那个夏天的 6 月 24 日，我雀跃着满怀期待的心跌入深海最深处，冰凉的指尖颤抖着一遍遍刷新着页面，心沉到最深处便着陆，慢慢地接受现实。就是那一夏，我匆匆背起行囊去旅行，带着一个空寂的心，带着一双冰凉的手。

青岛蜿蜒的青石小道一路向海，不知道什么时候才能看见海底城堡的蔚蓝。海天相接的地方那抹灵动的黑影一点点放大，在眼眸中蕴出了一片湿润。我在面朝大海，终见春暖花开。是呀，阴差阳错远比如愿以偿更能让人成长。我开始对华科有了期待，期待它是帝都雾霾天里被庇佑的那一隅日日明媚晴好，期待身边人热情或温和，善良且守望相助。我的期待指引着我眺望的视线，阳光透过云层穿过林梢再落下成为我眼睛中雀跃的星光点点。华科，你是什么样子？

2013 年 8 月 30 日 23：16 夜晴

燥热的夏天接近尾声，我也终于换上最爱的蓝纱裙奔赴我下一个梦想开始的地方。列车准时发车，微微作响的车轮声更唤起我的激动与恐惧，在我脑海中怎么也勾勒不出华科完整的影像。我像是要远行去见心上人的小姑娘，一路忐忑，一路畅想。

2013 年 8 月 31 日 05：00 日朗

北行的列车终于停靠在熟悉的北京西站。满车追寻梦想的年青人，满怀热情而来，一厘一毫地正靠近着未来四年的归宿。当811路公交车缓缓停靠在华科门口的时候，本是清晨熹微，寒意料峭，一刹那也有阳光透过云层照耀。我想，这是莫大的恩赐，更是我梦成的预兆。我硬是拉着行李在华科逛了满满又慢慢的一圈。每一方土地都是乐土，每一处花草都是新奇，我丈量着我与梦想的距离，脚踏实地有了最真实的意义。

2013 年 9 月 21 日

中秋假期终于结束，我不过在距离学校 2 小时车程的昌平住了三天，却格外想念年轻的、未足而立的华科。我诧异着这个仅仅生活了二十天的地方就这样扎根在我心底，稳稳的。我惊诧之余却又明白这就是华科的魅力：自由的学校，热情的学子。

如今，我闭着眼睛都能想起华科的一草一木，青白色的窗户还敞开着，我抬头就能望见那熟悉的三号教学楼，教室中央，窗台之后，廊道之间，还能传来同窗的欢声笑语和老师的乐趣教学，我还能看见一个个熟悉的身影正或远或近地向我走来。恍若有些许记忆涌上来……那些被闹铃声打醒的清晨；那条被我轧满脚印的跑道；那片人影稀离的黄昏操场；那个载满音乐和歌声的舞台，那片我挥洒过汗水的赛场……闹时，我随同学一起在篮球场上为挥汗比赛的男生们加油喝彩；静时，我独自斜倚在窗前，看人来人往，聆听低声细语。

我年轻的华科如今已经到了而立之年，她青春的身姿还映着最耀眼的霞光。我手里攥着一片枫叶，半面映着华科的辉煌过去，半面又映着美好的未来。我虽不是画家，描绘不出母校最美丽的画卷，但我可以用审美的眼光看着母校年年换新颜；我虽不是诗人，抒写不出爱戴母校最美的赞词，但我可以记录、珍藏下在母校生活的点点滴滴；我虽不是作曲家，谱写不出歌颂母校最美丽的音符，但我可以唱响心底对母校最真诚的歌声……

华科，祝你三十岁生日快乐，一切都好。

守望华科

刘庆磊

　　我爱着的华科。走过岁月，才发现您的伟岸挺秀；历经风雨，方觉察您的饱经沧桑。

　　春秋三十载，弹指一挥间。时光流逝，转瞬间就是您三十岁生日。三十年时光，在历史的长河中，只是短暂的一瞬，但是，三十年对于一所大学而言也许显得过于年轻，但这三十年绝对是华科历史上最重要的三十年。三十年，意味着什么？古人曰：三十而立。三十岁是人生中承上启下的重要阶段，是从混沌走向澄清，从聪明走向智慧，从浮躁走向平和，从繁杂走向简单，是敢于面对自己，自信、独立、成熟的时刻。但华科的三十年，是不平凡的三十年，从成人培训教育到专科本科教育再到研究生教育，一步一个脚印，每一个脚印都是一次华美的蜕变。三十年，华科走过艰辛，有过辉煌，曾经在困境中追求突破，在坎坷中把斗志点亮。三十年路不算长，三十年却有很沉的重量。

　　思绪回到几年前的那个秋天，入学的场景仿佛就在眼前。那天，我们带着稚嫩的笑脸，来到京东潮白河畔，美丽的华科映入眼帘。学校班车缓缓驶入校园，我趴在车窗上东张西望，一切是那么的新鲜，我梦想中的象牙塔就在身边。第一时间，我在校园里飞奔，四处张望，心情无比地激动。抑制不住喜悦，我向学长们打听着：这是什么？那是什么？那一刻，我完全融入到华科的怀抱，开始了我充实而快乐的大学生活。

　　此后的几年里，老师们不辞辛劳地关心着我们每一天的成长，从早上起床到晚上就寝的一点一滴都非常细心。还记得刚入学时，我们还没脱掉懵懵懂懂的高中生的外衣，还没从高度紧张的高考压力中舒缓过来，匆忙间来到华科的怀抱，还真有点不太适应。老师们想尽一切方法去教导我们如何适应新的环境，如何去锻炼自己，如何去独立地生活。慢慢地，我们适应了，我们习惯了，在很短的时间里我们完全融入到学校的大家庭之中，并且有了一种家的感觉。经过一段适应期后，我们熟悉了这里的一切，并逐渐与校园里的事物产生了感情，小到一草一木，大到一处雕塑、一所教学楼，无不显得亲切而温暖。春日的夕阳下，我们在美丽的学子林里散步，娇艳的鲜花向我们露出灿烂的微笑；夏天我们在林荫道上休憩，参天大树会为我们遮阳；秋天，我们在学府道上行走，看飘落的银杏叶一地金黄；冬天，我们在图书馆前遥望，看雪花飞舞装饰我们美丽的梦想。

在与华科共处的时光里，是华科的宽容豁达，让我脱去了心灵深处沉重的外衣，塑造了我坚毅的品性。在学校氛围的熏陶和老师的谆谆教导下，我学会了独立思考、自立、自强，练就了勤学上进、吃苦耐劳的坚强品格，并取得了优异的成绩。华科的宽容让我们有了充实而丰富的校园生活，忘不了和社团成员一起参加社会实践，忘不了和同学一起奔波于兼职路上，忘不了和舍友一起话人生谈梦想，在这里我不仅收获了知识，同时获得了心灵的升华。大学的这几年，我们不仅开阔了视野，更感悟到仰望星空与脚踏实地的进取精神。

四载求学路，一生华科情。毕业的日子总是让人多愁善感。匆忙间，同学们就分散各地，开始了人生的又一个征程。但是老师的殷切教导和深情嘱托，同窗的帮扶支持和关心鼓励，始终在我的心里回荡。在华科的日子让我刻骨铭心，我们把人生中最美好的青春年华留在了华科，刻在了华科的岁月征途里，记录在了华科的历史中。还记得中区操场边的垂柳，还记得宿舍楼前的喷泉，还记得食堂的刀削面；还记得滔滔不绝的王老师、温润如玉的张老师、才华横溢的李老师；还记得127宿舍，记得老三追女朋友，记得小五的分手，记得我们一起春游，一起聚会喝酒。毕业了，我就好像一个老人，往事回忆越来越多，记忆越来

越深。后来才知道，相逢是一种芳香，相聚时不曾在意，分别后才觉得遍地留香。毕业是一种相思，也是一种病痛。多想在华科的怀抱里再待上一段时间，多想再听听老师的祝福与叮咛。

还好，一个偶然的机会，我留在了华科，继续感受着这温馨而美丽的校园。毕业之后才发现，相比远在异地飘零的同窗，我是幸运的。社会的环境错综复杂，甚至是充斥着尔虞我诈，而华科的环境相对简单，成了我最温暖、舒心的避风之港，可以使我内心无比安然。工作中我仍感受着学校的呵护，感受着老师们的关心，感受着朋友们的帮助，给我一种力量，让我们在人生的路上勇往直前。

三十年，华科走过冬天，许下心愿，经过春天，种下希望，度过夏天，释放光芒，迎来秋天，收获硕果。如今，秉承着"自立立人，兴安安国"的训言，孜孜不倦地努力着，去创造一个又一个的奇迹。看明德楼里亮亮堂堂，看学子林里书声琅琅，看京东最好的图书馆——知识的武装。看到这些，您的孩子们笑了，穿梭在学府路上的少年，一张张青春的面庞，朝气蓬勃，自信阳光。今天，我就能想到，等您庆祝生日的那一天，一定校友云集，济济一堂。大家来共同抒发心愿，三十年已是过往，要提前感受您美好的希望，祝福您美好的明天。

三十年同舟共济结硕果，半甲子风雨兼程铸辉煌。母校，三十岁生日快乐！

与你同行

——写在华科三十周年校庆之际

孙钰峰

走过的路，才知道有短有长；经过的事，才知道有喜有伤；品过的酒，才知道有浓有烈；奋斗过的人生，才知道有苦也有甜。不管舍弃什么，我们不能舍弃微笑，即使输掉什么，也不能输掉信念。坚持心中的梦想，尊崇心灵的指引，让我与你同行，与你一起慢慢变老。

2002年9月，我走进了华科，来到了这个梦想启航的地方，那一年恰好学校升本成功。从军训的日子开始，我便与你结缘，结伴同行。还清晰地记着第一天报到找不到东西南北的场景；还清晰地记着第一次叠好的军被，晚上舍不得盖在身上；忘不了第一次班委会竞选竟然当上了班长；忘不了第一次去图书馆竟成了最后一个被阿姨轰走的对象；忘不了学长去宿舍推销电脑软盘，自己还上过当；忘不了第一次老乡会竟然吐脏了衣裳。那一年，时间过得好快，宿舍、教室、图书馆和食堂，紧张而又充实。但我逐步明确了自己的大学目标和今后努力的方向，我的梦开始启航。

2003年注定是不平凡的一年。那一年"非典"来袭，北京的气氛变得格外紧张，天天测体温已经成了常规工作。宿舍里天天充斥着来苏水和中药的"余香"。庆幸的是就在封校的前一天，我们刚从潮白河野炊归来，狂欢欣喜之余还不忘向隔壁宿舍炫耀让他们抓狂；宿舍集资买的二手电视机成了舍友们打发时光的唯一电器；对面宿舍的一把破吉他成了大家竞相争抢的对象。那一年，没有大型的学术讲座；那一年，没

有上百人的年级大会，那一年，连逃课也会被老师误以为发烧而不被画上记号。还记得有一天，我们班一个女生不小心被开水烫伤，因为我是班长又是辅导员助理，因此是我把她送到冶金医院进行疗伤，临行前，宿舍兄弟还送给我七个口罩，至今难忘；出了校门的大街空无一人，医院收费的医生也只能看见两只眼睛。回头想想，是那一年我开始爱上了图书馆，是那一年我开始爱上了我的学校，是那一年我懂得了对待人生要面带微笑。

求学的日子是人生中最美好的岁月，一生难忘。那个时候奋斗的劲头如今我仍然十分向往。还记得领取国家奖学金的那一刻，我迫不及待地打电话给我的母亲而她热泪盈眶，各种奖励的证书后来也有一箩筐。除了刻苦的学习，我的大学生活忙碌而又充实，至今想想还创造过很多辉煌。新生三对三篮球赛，我是冠军队的一员；学雷锋大合唱比赛我当过主持人；外语系成立以来第一个运动会道德风尚奖、第一届外文综艺晚会、第一届英语辩论赛等，都留下了我的身影。那几年的青春岁月，我尽情地在知识的海洋里徜徉，尽情在校园里奔跑、高唱。尽管那时候图书馆很小，篮球场很老，可就是在这里留下了80后的我们最美好的青春记忆。

一眨眼的工夫，毕业了。虽然有点黯然神伤，虽然有点舍不得，但是天下没有不散的宴席，于是我送走了一批又一批的同学，可最后我却留在了这里。有人说我比较幸运，因为毕业后的一位大学同学最终成了我的新娘；有人说我应该出去闯一闯，因为外面的世界比这宽广；可我的决定是与华科携手同行，共命运，同成长。

毕业后，我留在了外语系担任专职辅导员工作，至此结束了我的大学生涯，开始了新的人生征程。我的角色开始慢慢地转变，一面是指导学生成长的人生导师，一面是善于倾听、乐于助人的学长。迎来了一批又一批的新生，送走一批又一批的老生。一眨眼的工夫，七年过去了，七年的工作生涯，记不清开过多少次班会，记不清去过多少次宿舍，记不清跟学生谈过多少次心。我只记得教师节的那天我的手机会从早响到晚，春节的那天我能回短信回到手变酸；想想过去，看看现在，四千多个日日夜夜已经成为过去，华科的校门已经变得不再那么土里土气，北区的足球场早已不见踪迹，中区老澡堂子已经成为我们永久的回忆。新图书馆的建立让博观楼的自习室变得冷清；明德楼的使用让致远楼不再那么拥挤；宿舍里随处可见的电脑早已经把电视机代替；食堂的菜价也不知道到底翻了多少倍，只有那北区门口卖鸡蛋灌饼的大妈还在那里卖着力气。

十二年的青春岁月，十二年的同舟风雨，我与华科同行，这里留下了我许多青春的印记。而今"自立立人、兴安安国"的校训已经深入人心，从这里走出去的毕业生也已经遍布世界各地。好多校友还时常跟我提起你；他们羡慕我，羡慕我能与你同行，我告诉他们，我的梦想在这里，我们奋斗的人生要有意义。虽然已过而立之年，可我觉得自己还很年轻。以后的日子也许还会有风有雨，但不管发生什么我们都不能轻言放弃，还要用微笑面对人生，用信念将生命延续。

华科，我的梦，我的人生，让我与你一起慢慢变老，一起同行。

（谨以此文纪念我与华科共同成长的青春岁月）

心
灵
的
歌
声

退而不休，实践誓言，发挥余热，为梦奉献

张秀林

今年是我们华北科技学院华诞三十周年。作为华科的一名退休教师，我心情激动，思绪万千。在此良辰吉日，我向学校倾诉心声，作为向华诞三十周年的献礼。

迎候学生，肃立门前

课前五分钟，我照例肃立教室门前，面带微笑热情迎候我的学生，学生们也热情地向我点头示意。每一节课都是如此，已经坚持四十六年了。

有的同学问我为什么这么做，我告诉他们这是我当年在北京师范大学读书时，学校提出的要求。我母校的校训是"学为人师，行为世范"。校训就是规范师生行为的标准，一生一世都要身体力行。正如我们一生都要按华科"自立立人，兴安安国"校训来规范自己的举止行为一样。

肃立门前，迎候学生，感觉就像火车开车前车上车下的工作人员肃立在自己的岗位上一样。列车徐徐开动，工作人员目送列车开出，并且转向列车行进方向，目送列车开出站才离开。我心里想，如果我校各行各业的人员都像他们一样忠于职守，学校的各项工作就会上一个大台阶。

两份礼物，"战书"一篇

每门课开始讲授时，我都要给学生送两份礼物，下一道"战书"。

礼物的载体是姓名，"战书"的载体则是年龄。我姓张，从学雷锋的标兵张子祥讲的一句话"与其埋怨，不如实干"，联想到一副对联"说你行，不算行，行不行，凭本事，光说不行；说你不行，可能行，行不行，看政绩，不说不行"，横批是"不干不行"，送给学生的礼物是"不学不行"。我的名字是秀林，联想到古语"木秀于林，风必摧之；贤高于世，人必非之；堆出于岸，水必湍之"，送给学生的礼物是"木秀于林"。希望学生们在学习、生活、工作各个方面都能"木秀于林，事业辉煌"。"战书"的载体是年龄，我已是年过七旬的古稀年龄，向十八九岁的年轻学子下一道"战书"，看谁对党、对国家、对人民贡献大，这时学生们情绪高昂，激动地表示接受这两份礼物和一道"战书"，并且付诸行动，在生活、学习、工作各方面都更上一层楼。

毕业誓言，干五十年

有的学生对我古稀之年还耕耘讲台不理解，问我："您不是已经退休了吗，为什么不像有的人'六十告老还乡，七十打打麻将'，享受天伦之乐？"我告诉他们："咱们国家有一句格言'一诺千金'，我是在实践我当年的第一个誓言。"1968 年我从北京师范大学毕业时，全班同学肃立在毛主席像前，右手举着"毛主席语录"本，庄严宣誓"为党健康工作五十年"。既然是誓言，就必须实践，至死不变。毕业后，我按照组织的分配，奔赴有色矿山，工作了四分之一个世纪。在宣传部、党校、讲师团从事马克思主义理论教育，在七尺讲台上耕耘了三十五年，先后任理论教员、理教科长、讲师团长、宣传部长，尽管担任了领导职务，但仍然是副教授的工作量，始终没有脱离心爱的讲台。1992 年，由于工作需要，我调往有色金属管理干部学院，后又合并到华北科技学院，继续在思政教育讲台上耕耘，至今已有二十二年，教授职称，这期间曾多次被评为优秀教师、师德标兵，是华科第一批教学名师，并报送河北省参评。曾被评为中国有色金属工业总公司和山西省先进理论教育工作者，北京师范大学荣誉校友。除了正式课程之外，我还承担了校选

修课、学校一级的大型讲座，如组织部的党课，安全学院组织的全校安全科技概论的安全文化讲座，还去国家煤矿安全监察局讲党课，到全国有色金属大型厂矿讲培训课，举办出国劳务讲座，学生社团请我讲课，我也有求必应。我主持了大型科研项目"市场经济条件下企业思想政治工作的理论与实践"，出了四本专著。在毕业誓言的激励下，我总感到有使不完的劲儿，总觉得离党和人民的要求我相差不太远。激励我永远向前。

2008 年，我退休了。但我仍牢记"为党健康工作五十年"的誓言，退而不休，在七尺讲台继续耕耘。我仍然承担着思想政治课和校选修课，继续担任校督导，与其他教师切磋讲课技巧和艺术，还受学校的委托，到兄弟院校介绍自己的教学体会。现在离第一个誓言的承诺期还有四年的光阴，我一定要继续兢兢业业，一如既往地坚持下去。

奋斗终身，入党誓言

有的同学问，到了 2018 年，干够了五十年，总该真的退休，喘口气了吧？我说还不行。就像当年列宁跟瓦西里说的那样，"革命胜利后就更顾不上休息了"。我小时候读过一课书，说的是北京和平解放，解放军举行入城式，记者问一位战士"从何处来"，回答说"从远方来"，问"到何处去"，答"到前面去"，回答得真是妙不可言，充满哲理。四年之后，干够五十年，我仍然是"退而不休"，因为我还要继续实践第二个誓言："为共产主义奋斗终身"。

说到第二个誓言，我的心情更加激动。加入中国共产党，是我从小就有的愿望，并为此而努力奋斗。1966 年 5 月 26 日，我在北京师范大学上学时，党支部讨论通过了我的入党申请，接着总支组织委员同我谈话，作了考查，就等总支开会讨论批准了。谁知 6 月 1 日，新华社播发了北京大学聂元梓的大字报，"文化大革命"的烈火在神州大地上熊熊燃烧。"文化大革命"是一场由领导者错误发动，被反革命集团利用，给党、国家和各族人民带来严重灾难的内乱。一夜之间，北京所有高校的党组织都受到严重冲击，无法开展正常活动。我的入党问题由此被搁置，直到1968年大学毕业，党组织都未恢复正常活动。但我仍一如既往，继续用党员标准严格要求自己，规范自己的言行，争取早日加入党组织。

1975年，还是5月26日，我在矿山企业圆了入党的梦。我站在鲜红的党旗下，举起右手，向党庄严宣誓："我志愿加入中国共产党，拥护党的纲领，遵守党的章程，履行党员义务，执行党的决定，严守党的纪律，保守党的秘密，对党忠诚，积极工作，为共产主义奋斗终身，随时准备为党和人民牺牲一切，永不叛党"。此时我心情激动，热血沸腾，决心实践誓言，矢志不移。我每天都把入党誓言背诵一遍，时时刻刻用入党誓言要求自己，规范自己的言行。

心系安全，为梦奉献

以习近平同志为总书记的党中央为全国人民规划了实现"两个中国梦"的宏伟蓝图：到2021年建党一百周年时全面建成小康社会，到2049年建国一百周年时实现中华民族的伟大复兴。我们华科人同全国人民一道为此而拼搏，为实现两个中国梦作出自己的奉献。

马克思主义的活的灵魂是具体问题具体分析，毛泽东思想的活的灵魂之一是实事求是，我们国家在短时间内取得如此辉煌的成就，关键原因是我们选择了正确的中国特色社会主义道路。我们华科人在实现两个中国梦的过程中，也要有我们华科的特色。我校的校训是"自立立人，兴安安国"，以安全科技为特色，是国家安全生产监督管理总局唯一的部属院校。联系我们华科的实际，要将我们华科建设成为世界一流的以安全科技为特色的顶尖大学，这就是我们的华科梦，每一个华科人都要为实现华科梦而拼搏努力。

我们国家在安全方面取得了巨大成就，但面临的任务也非常艰巨。人口猛增、土地锐减、资源枯竭、环境污染、生态失衡、生产安全、交通安全等压力也很大，国家安全也面临诸多挑战。我们要认识到，安全

是一个大概念，决不仅仅是矿山安全。十八届三中全会通过的《中共中央关于全面深化改革若干重大问题的决定》中，决定成立国家安全委员会，这是指国家安全，也包括各个行业、各个方面的安全。从这里可以看出，党中央、国家对安全工作极为重视，这是搞好安全工作的最重要保证。我们华科人要抓住这个大好机遇，紧密联系实际，把自己的工作与安全特色紧密结合，人人讲安全科技，人人抓安全科技，把安全科技当作头等大事来抓。我在讲思想政治课、校选修课、党课、各种讲座中都尽可能地与安全科技相联系。在讲安全文化讲座时，联系世界和我国的安全形势，联系我国各行业，尤其是矿山的安全实际，联系我在各地厂矿办培训班的案例，联系我在矿山工作二十五年的亲身经历，讲授安全文化，总结了七种正确的安全观念，批判了十一种错误的安全意识，传播正能量，为安全科技贡献自己的绵薄之力。

为了实现中国梦，实现把华科办成世界安全科技顶尖名牌大学梦，我们每一个华科人都要拼搏努力，为梦的实现作出奉献。

我与华科同成长

张纯莹

我赞美学校温暖的怀抱。学校是一位慈祥的母亲，她张开双臂拥我入怀，她爱我们每一个人。当我们有一点进步的时候，她都看在眼里，母亲会用轻柔的手抚摸着我们，让我们感受心灵的激动与喜悦；当我们犯错、落后的时候，母亲会投来既有些责备又心存宽容的目光，用春风化雨般的爱来滋润我们迷惘的心灵。我赞美学校的无私奉献。你知道学校给予了我们什么吗？是知识，是力量！

我们从懵懂的孩子成长为今天出色的学生，而每一点进步无不浸透着学校的心血。"书山有路巧为径，学海无崖乐做舟。"学校让我们找到了学习的窍门，更让我们在学习中找到快乐。我们是一条要远航的小船，学校给了我们一张帆，靠着帆我们可以走得更远，会看到更广阔的天地。我热爱学校，因为学校里的一草一木，一人一物都值得留恋和牵挂。当有一天我们要不得不离开这里时，我想我会落泪，但我更会擦干眼泪。莎士比亚说：大的火焰，可以扑灭小的火焰。在最困难的日子里，学校看到了最根本，选择了最有力量的伙伴：文化。所以这个学校，最使人们惊叹的地方是，她近年来总像是达到了最好，但细细考察，又好像刚刚起步，还在起跑中，未来无止境，因为这个学校的活力，太充沛了，这个学校的空气，太灵动了——什么原因？文化使然。

这是一个"古典世界"，每一位华科人都会如数家珍地讲着典故："风树之叹""程门立雪""海不扬波""淳风"，"逐鹿""岁寒松柏""水滴石穿"……蓝天和白云的心一样，希望白鸽自由翱翔，扬起求学

小舟上的帆，继续远航。

大学——我的家，在这里，我看见了矫健的身影，看见了专注的眼神，看见了明朗的笑容。在这里，我学会了勇敢，学会了坚强，学会了执著。我感受着老师们阳光一般的关怀，感受着同学们真挚的情谊，也感受着自己的成长。在这片广阔的天空中，我勇敢地追求着自己的梦想。摔倒了，一双双热情的手会扶我起来，让我重新点燃信心之火；受伤了，一张张真诚的笑脸会抚平我的伤口，让我重新拾起希望。于是，在这里的每一天都是透明的，这里的每一个角落都充满了阳光。

当我来到学校的湖边，微风习习，杨柳依依的季节，既能感受文化的底蕴，又有闭月羞花之美。如果说石为山之骨，那么这水则为山之精了。想到它越过磐石，跳下高崖的潇洒劲儿，振聋发聩的瀑声和轻快流畅的溪音宛然在耳，让我几番伫立，几番端坐，几番深思。

这里留下了我们太多的回忆，爱情友情、欢声笑语、苦涩甜蜜……曾经在这里，我们那一群壮志未酬的热血青年，多少次你追我赶、嬉笑怒骂；多少次起早贪黑、挑灯夜读；多少次夜不能寐、畅谈理想。我漫步在图书馆的书架中，这里的书比我们那时更加琳琅满目，却依旧飘逸着书卷油墨的清香，这是一个无边无际的知识的海洋，这是一个需要我们用一辈子去遨游的知识的世界，你只要站在这里，便会感到增添了很多的智慧。我们在这里留下了追求知识的脚步，而这里留给我们的智慧将会让我们受用终生。

有一种铭记在心的记忆，是怀念。有一种心灵深处的悸动，是感恩。有一种跨越时空的祝福，是歌颂。怀念母校，我们因为有母校而骄傲；感恩母校，愿母校因我们而自豪；歌颂母校，衷心的祝福母校的明天更美好。

我的华科梦

吴东霖

君生我未生，只感叹没有和你共同经历三十个风风雨雨，只感叹没有和你共同度过光辉岁月。迎来了华北科技学院建校三十周年的庆典这一历史时刻，我怀着无比激动光荣的心情想诉说三年来我对你的情感与期待。

第一缕晨光还没有照向大地，勤劳的学子们在图书馆门前已经排起了长队，等待着进入图书馆吮吸知识的甘露，遨游知识的海洋。华科始终不渝地坚持"自立立人，兴安安国"的校训，努力探索，不断实践，从来没有停下改革和创新的脚步，完成了一次次的跨越和提升。这些也激励着我们这些热血青年不知疲倦，不辞辛劳。

花园中琅琅的读书声，一个个捧着书的俏丽影子是华科的画，是华科的歌，如果能用相机记录下这美好的一刻定当百看不厌。如果问我什么最令我感动，我会毫不犹豫地说是这些学子把我感动到落泪，他们让我看到了奋进着的青年的美好。

有人说无法忍受下楼梯时的拥堵，更无法忍受电梯内的拥挤。但你可曾知道拥挤是因为我们渴求知识，拥堵是因为我们内心焦急，归根结底还是因为我们的那颗心向往着学习。而当我在看到楼道里晃动的脑袋，一步一步挪动的身体，心里不再有怒气，脸上挂着微笑。其实你可以清楚地看到学校为了我们在不断进步，为我们打造了宽敞明亮的教室，安装了先进的多媒体，进行了办学理念、人才培养模式、教学及管理方法、资源建设、多媒体的开发与运用、学习支持服务体系和质量监

督体系等全方位的探索。

回首三十年校史，在各种教育形式互相碰撞磨合的过程中，引领学子走向成才之路，成为每一个华科人奋斗的目标。开放教育，严格自律，无疑已经是一种有效方式，取得了成就和认可。在二十一世纪信息无处不在、日益方便的今天，我们要学习什么，要有什么创新？华科未来路该怎么走？每一个华科人已经在思考，并将继续思考。

回首三十年校史，母校探索先进的教育理念，利用先进的现代教育平台，构建创新教育的全新模式，更好地帮助无数学习者完成了积极进取的光荣和梦想。

展望未来，我们相信，伴随着日益完善的内涵，还有这些勤劳的学子，华科可持续发展的道路一定会越走越宽。当终身教育渐渐成为一种趋势，当自律学习日益融入我们的生活，我相信华科会有更加美好的明天。

带着梦想上路　背着坚强走远
——写在华北科技学院三十周年校庆之际

王建华*

为梦想咬定青山，这是我们的意志；失败后傲对霜雪，这是我们的精神；直面人生，笑看风云，这是我们的风度。带着梦想上路，在平凡中创造人生的奇迹；背着坚强走远，在奋斗中孕育生命的辉煌。看看脚下，知道这正是我们共同要走的路；望望前面，知道那是我们共同追求的未来。

走，就有希望。成长，永远年轻。

——题记

我来自太行山深处的农村，那里既有八路军抗战的光荣历史，也有新农村发展的辉煌篇章。一方水土养育一方人，家乡恶劣的地理环境熏陶了我坚忍不拔、乐观向上、艰苦奋斗的精神追求。我就是从这里出发，带着梦想上路，告别了三晋大地巍峨绵延的山脉，跨越了燕赵平原纵横绝荡的田野，来到了美丽、富庶的辽宁，一睹沈城的历史与新颜。在城乡间往返穿行，触摸每个城市与农村的记忆，我充分感受到时代的进步和社会的发展。一路走来，感动与喜悦在心中盛放，希望与畅想在心中承载，我的心中充满了不断前行的坚强力量。日月匆匆，寒暑易节，浮埃万事无疑总会被雨打风吹去。然而，人生亲身体验的那些成长经历永远不会零落成尘，特别是青春日子里的那些为梦想而奋斗的往事

心灵的歌声

* 现为辽宁大学日语语言文学专业硕士研究生。

永远刻骨铭心，虽然饱受岁月的洗礼，却常忆常新，总会在心头放出光来。

扫荡积秽，催萌新感。鞭策意马，思绪奔驰在辽阔的心原。进入中学以后，我就更加坚定了"知识改变命运"的信念，并从中衍发出持久的精神力量，不断超越自己心灵的真空，勉励自己向着未来奋然前行。我竭尽自己的全身气力，将高中韶华尽情写在奋斗的旗帜上。我周围的同学向前迈了一大步，冲进了名校的象牙塔；而我却走了一小步，于2007年9月来到了北京东面燕郊的华北科技学院（以下简称"华科"）。由此，我与华科结成学缘。我取得了一个再度拼搏的平台，站在了一个新的起点之上。虽然"付出"与"所得"之间发生了偏差，但我坚信：两者之间的系数不会为零，更不为负。在我的心里，华科不是我的终点，而是伴随我人生成长的一个小站，一个见证我人生转折的地方。

路是绵延不断的渴望，人生是不断追求、前进和超越的步伐。境地不同，心情不同，但是为了梦想的奋斗却依然继续着人生路。在华科的大学四年间，我将考研作为我的学习总目标，每学期学习都很努力。从日语五十音图的入门学习开始，到日语"听、说、读、写、译"等方面能力的提高，从日语语言到日本文化再到日本文学，在老师们的热心指导和倾情帮助下，我克服了日语学习上的种种困难，逐步建构起日语专业学生的知识结构。说实话，从日语的一音一词一句开始，点滴建筑日语语言大厦，本科学习四年到毕业的确不容易。在华科学习日语的过程中，我体验了苦，体验了乐，并且从日常的学习中真正体验到自己的成长和思想的成熟，视野不断扩容。专业课学习如此，其他课程学习也一样，我没有落过一节课（包括思想道德与法律基础、中国近现代史等公共必修课及其他选修课），严格按照大纲要求全面修完了日语专业本科四年应该学习的所有课程。在学习上虽然有时候我感到内心疲惫、精神痛苦，但是我也丝毫没有放弃考研的理想并为之持久而不懈地努力。在华科学习的四年间，曾经有多少个夜晚我从博观楼自习室走出，在办公楼后面的路灯下背书，又有多少个夜晚站在博观楼前的台阶上凝望星空，栖息那劳碌的身躯，这些已经全然数不清了。现在唯一留在脑海的是：月亮星空之下，我总是在思考自己人生的进路以及个人如何适应国家的飞速发展。

行动是梦想最高贵的表达。我深知，任何梦想的实现都不是一朝一夕突击能够完成的。为了能够考上研究生继续深入学习，我在华科每天早上6点起床，晚上11点睡觉，早起晚睡、只争朝夕是我的生活常态。如果说平时的基础学习是考研的漫长准备，那么真正意义上的备考冲刺则是从大四上学期国庆节过后开始的，到一月期末参加考试大概花了100天的时间。考研的复习的确是一项庞大的工程。但是，我在有限的时间里，立足现实，锁定差距，为实现目标尽心竭力地去设计、去经营、去规划，通过每天的点滴努力去积累、去突破。可以说，考研的王道是正确选择之上的持久努力。水滴石穿一般柔韧的坚持，是考研路上一种无须声张的力量。"积之在平日，得之在俄顷"。苍天不负苦心人，通过大学四年蜗牛一般扎扎实实的攀爬和努力，2011年9月，我以笔试第二名的优异成绩考入辽宁大学。由此，我来到了一个全新的起点，开始了新一轮的学习和攀登，获得了一个更高的平台，得以在一个相对自由的发展空间里从容地规划自己的未来。拼搏给我以勇气，坚持赋予我力量，追求自我完善的人生历练使我的生命焕发出成长的光彩。我时常想，无论是对于个人，还是对于一个单位，永续发展的"成长"都是意义重大的，是豪华的、奢侈的、不计成本的。但是，在成长路上梦想的实现既不会一步登天，也不会一日而蹴。对于梦想，我们既要永不放弃地坚持追求，又要顺其自然地为所当为，要始终做到"不动摇，不懈怠，不折腾"。追逐梦想的路注定风雨兼程，成功就是在平凡中作出不平凡的坚持，乘顺风而勇进，处低谷而力争。在成长和追梦的道路上，我始终坚信有一种豪情壮志叫天生我才，有一种奋斗信仰叫自助致强。自信好比梦想的维他命，有了它，就有了拼搏的激情和动力，再平凡的日子也会闪亮。试试就行，拼拼就赢，我始终坚信每一条完整的河

流尽头都会有一片宽广的海洋在等候，以冲天的豪情与自信向梦想的彼岸作全力的冲刺。

在华科本科四年学习期间，我经历了2008年北京奥运会、2009年国庆六十周年、2010年上海世博会以及2011年中国共产党九十周年华诞等党和国家的重大事件，而有关这些事件的美好回忆将我和华科紧紧连在了一起。在我的记忆中，大学四年间，除了上课就是自习，课外活动参加不是很多。但是，我热衷于写些随笔散文，经常向华科大学生心理健康指导中心主办的《心语》，以及校报编辑部主办的《华北科技学院报》投稿。迄今为止，我的原创作品《向精神的力量敬礼》《千年诗魂山不倒——回眸大唐寻觅杜甫》《圣贤精神和本源力量视域下的孔子与玄奘——写在求学的人生路上》《寸心载世路漫漫》《回望孤独者我不再孤独——写给我的瘦哥哥梵高》《梦想·青春》《掀起"幸福"的盖头来》等多篇励志文章在母校报刊上先后发表。可以说，华科见证了我的人生成长。同时，我也见证了华科一步步走向"而立之年"的辉煌。特别是，作为华科日语专业的一员，我亲眼目睹了母校日语专业从无到有、从小到大、从弱到强的发展。对此，我感到非常荣幸。

人生前进中的每一站，都必须是充实的，而不能把人生价值孤注一掷于难以预知的未来。进入辽宁大学以后，我仍然没有放松对自己的要求，始终坚持刻苦学习，总成绩名列班级第一。在校期间，我主动结合课堂学习，全方位提升自己的专业素质。特别是在科研方面，我努力在本专业学科探索完成具有创新性的科研成果，进一步培养自己的科研能力。在日常学习和实践中，我努力将理想与现实结合起来，将学习与实践结合起来，将当下和未来结合起来。我努力适应国家对人才的时代要求，不断明确自己的社会责任，时刻鼓励自己奋发向上，勤勉精进，勇于锻炼自己，希望在实现伟大中国梦的过程中逐步实现个人的人生价值。同时，我也时刻提醒自己在奋斗的道路上要踏实做事，不好高骛远。在配合老师教学以及与同学交流的过程中，我的精神境界不断提升，学习生活更加充实而有意义。2013年6月，我光荣地加入中国共产党，实现了梦寐以求的入党梦想。2013 年 10 月，我被中共辽宁省委高等学校工作委员会、辽宁省教育厅评为"2013 年辽宁省励志成才优秀大学生"。2013 年 12 月，我获得了由国家财政部、教育部颁发的"2013 年硕士研究生国家奖学金"。随着学习经历和人生体验的深入，我日益强烈地体悟到："中国梦是民族的梦，也是每个中国人的梦。"正如习近平总书记所言："有梦想，有机会，有奋斗，一切美好的东西都能够创造出来。"我想，我在辽宁大学的这些成绩和华科外国语学院（原外语系）长期以来对我的培养和关怀是密不可分的。虽然在母校那一段段追梦与圆梦的经历相继走进我的记忆，但它们却一直激励着我前进，并且沉淀为我宝贵的人生财富。现在，三年的研究生学习生活即将结束，我依然走在为梦想奋斗的人生路上。

海潮放远了，谛听才觉得深沉；经历暗淡了，回忆才有新的思考。在华科三十周年校庆之际，回眸在母校的学习生活，找寻在母校那最初的梦想和奋斗的激情，我精神备感振奋。体会从母校一路走来的希望，我内心感到淡定而充实。从初中算起，为梦想寒窗苦读已逾十阅星霜。生命就像潮起潮落时而疯狂时而宁静，人生便在这生命的升降沉浮中波浪式前进，追逐梦想的信念和如山不倒的意志支撑着心灵和思想在螺旋式上升中不断靠近精神的天空。凡诸学术，进境无穷，研精思远，究微践行。也许正是通过持续的学习和磨练，我在不断追梦和圆梦的过程中，看到了人生的希望，获得了充实而平静的满足感，从而得以安放自己的心灵。我想，人世的可爱与可恋并不在于衣锦茹甘，而在于将奋斗化为人生的底色，将梦想延展在当下的勤勉与精进之中，通过征服艰险，进入美的境界。

窗外，星繁雪亮；室内，微尘掩卷。的确，人生的进路就在脚下，欲求未来无憾，当下理当上进。人生需要踏实求真，一步一步向前走。把握当下，未来便不再遥远；为所当为，人生便丰富充实。在纷繁芜杂的时代里，正确定位自己的人生，寻找内心的宁静，活出生命的美好；在庸庸碌碌的浮躁生活中，努力追随向上的精神，用一生的时间慨然付

出，上下求索，孜孜不倦。尽管面临着升学、就业等诸多压力，但是我决心收起心来，埋下头去，恪勤耕耘初衷的园地，力拒从众，决然摆却焦虑、困恼和纷扰，把追逐梦想当作一种人生成长的常态，给自己一个现实的起点，给自己一个前进的方向，给自己一个永无止境且流动着上升的目标，以一个全新的姿态迎接新的挑战，开启新的向上的生活。从而，在最沉默和平凡处显现出生命的伟大，让人生闪耀出明亮却不刺眼的光辉，让人生升华成挺拔却不陡峭的高度。

华科，明天，我们踏上的，是一个新的征程。

让我们携手走起！

（谨以此文纪念我在华科的那段刻骨铭心的学习生活，献给我与华科共同成长的青春岁月。）

我一路往前，寻觅同龄的你的足迹

孙媛红

题记：每个人对母校都有一种特殊的情结，有的人把你比作哺育其成长的母亲，有的人把你比作塑造其成才的摇篮，有的人把你比作温馨的港湾、指航的明灯。而我，我对于母校——华科的情结，更愿意把你比作同甘共苦的并肩战友，血脉相连的兄弟姐妹，心有灵犀的亲密爱人。因为，我和你是同龄人，当我度过三十周岁生日的时候，你也迎来了三十华诞。我一路往前，寻寻觅觅同龄的你的足迹。我们一同出生，一同成长，一同经历十八岁的花季、三十岁的而立之年，一同面对美好的未来。

那一年，我们出生了

那是三十年前，1984 年的一天，我作为一个刚出生不久的婴儿在母亲怀抱中嗷嗷待哺、汲取营养，一天天成长。与此同时，你在美丽的潮白河畔、天子行宫的脚下拔地而起。在一群致力于教育事业的精英的设计和规划下，你从无到有，从荒瘠到富饶，形成了你最初的身姿，总有这样一幅画面萦绕在我眼前：白杨丛中起高楼，书声琅琅歌声脆。那时候，你不认识我，我亦不认识你。我们在各自的轨迹上迅速地成长着。

成长的路上，有你相伴

虽然我们未曾谋面，也并不相识。但成长的路上一直有你相伴。在

我咿呀学语、蹒跚学步的时期，你也不断发展壮大。后来有一天，我背上了小书包开始了学生时代的生活，在我们将近十岁那一年，也就是1993年，我上小学三年级，而你也从北京煤炭管理干部学院分院改制成为华北矿业高等专科学校，学校的规模和社会影响力又有了进一步的扩大和提高。

十八岁的成人礼

十年一个脚印，十年一个里程。在又一个十年里，我仍然在努力地求学，披星戴月、寒窗苦读，只为实现自己的大学梦想。而你也一路往前，由量的积累实现了质的飞跃和突破。2002年，在我们共同的十八岁，花季般的年龄，你正式升格为普通本科院校，学校得到了前所未有的大发展，而我，也在同年的9月，以一个新生的身份步入了你的校园，开启了我全新的大学时代。从此与你结下了不解之缘，我的生命也从此与你紧紧地联系在了一起。从十八岁到三十岁，再没有分离，我所有与青春有关的记忆都写在了你美丽的乐章里！

在你的这片热土上，我和我的恩师以及同学们学到了丰富的专业知识和技能；在这里，我参加了学生组织、担任学生干部，锻炼了自己为人处事、解决问题的能力；在这里，我找到了一群志同道合的朋友，可以共同探讨和思考人生，困难中相互扶持；在这里，我拓展了自己多方面的兴趣爱好，寻求德智体美劳全面平衡的发展；在这里，我收获了科学知识和技能，也收获了自己的友谊和爱情，为步入社会打下了坚实的基础。是你，为我提供了一切，在你温暖的大家庭中我的性格和品质也得到了淬炼！

三十而立，坦然面对风雨

源于对母校的这份深沉的爱，我毕业后毅然回到了你的身边，在2007年的那个盛夏，我通过选拔和招聘，成为华科的一名基层工作者——学生思想政治辅导员，投入到一个新的角色。这是我所热爱的教育事业，我愿意永远紧跟着你的步伐，永远以"自立立人、兴安安国"的校训激励自己做好本职工作。

在我生命的长河里，也许看似前十八年和你是没有什么联系的，可谁又能说这不是冥冥中的一种安排呢？十二年是一个轮回，十二年的时间在一起朝夕相处，我们更加了解彼此，共同见证了你的二十年校庆、燕郊的迅速发展、国家的六十年大庆，2008北京奥运，也共同经历了非典、禽流感、汶川、玉树大地震等重大事件……有荣誉有喜悦，也共同面对和克服了许许多多的困难。一路往前，风风雨雨的走来，留下的是一串串无比坚实的印记。

在2013年，我们又迎来了教育部的本科评估，作为华科的一员，为了这次评估备战了好长时间，为了胜利完成各项任务，我们每个人都不遗余力，关键时刻更显出务实担当，以及较强的服务意识、责任意识、大局意识和集体意识。就在专家进校的一周，我一岁八个月的小女儿突发急病，确诊为一种十分罕见的川崎病，可能会严重的影响心脑血管的健康，孩子住院的十来天里，我始终坚守在工作岗位上，没有向任何人提起过自己的困难，白天在单位，晚上去医院，没有请一天的假。像往常一样，每天6点钟早早来学校陪伴学生晨读晨练，深入宿舍、教室关心学生的学习生活情况，帮学生解决随时遇到的各种问题，配合学校顺利地度过了本科教学评估的检查。虽然我能力有限，只能做一些微薄的小工作，但是我始终相信：只要我们每个人把自己的小工作都做好了，学校的整体才会越来越好！

关于未来的梦

80后成长的我已日渐羽翼丰满，同是80后成长的华科再也不是昔日的旧模样，三十载，寒来暑往、春华秋实，太多的梦想已实现，太多的故事仍继续。我们都将以饱满的热情和坚定的信念，去共赴未来，实现未来更高更强的梦想。

2011年，国家制定了"十二五"规划，2012年，习近平主席提出

心灵的歌声

了"中国梦"的伟大构想，2013 年，十八届三中全会的召开又给我们带来了新的曙光，2014 年，在校庆三十周年之际，你也有了新的目标和追求，在学校党政工团的正确领导下，我也将会和你有共同的理想、信念和追求。那么，我们未来会有怎样的精彩？还将创造怎样的辉煌？又将描绘出怎样壮丽的蓝图？让我们彼此见证，让大家拭目以待吧！

校训如钟，青春如歌

魏文君

我脑海中浮现过这样一幅画面：山色空濛，薄雾霏霏，巍峨高耸的山顶庙宇里传来悠悠钟声，这钟歌如青春，钟便如校训。没有校训的警钟，怎么会有曼妙空灵的钟歌？当一天过去拉下帷幕的时候，也注定了第二天太阳的冉冉升起。华科就是这样走过了三十年的风雨日夜，人文社会科学学院也茁壮成长。每天、每时、每刻，华科人都是自己生活的导演。

8月31日，我拉着拉杆箱走到华科门下，陌生的校园，陌生的面孔，抬头望着"自立立人，兴安安国"的校训，一种不能言说的感觉涌在喉咙口，我似乎明白了什么。

自立。《论语·为政》曰："吾十有五而志于学，三十而立，四十而不惑。"三十岁于人即立，三十年校庆于华科便更是我们万人学子的"自立"。在我们人生当中，终究会遇到一件既让人觉得容易，但又做起来很难的事情，那就是孔夫子说的"自立"。我们大都是成年人了，离开了生活十八年的城市，或许你心中有几分不舍，有几分留恋，但是我们心中必须有一个尺度，一个"我是成年人"的尺度。华科为我们提供了一个成长的平台，这也是我们走向成熟和成功的必由之路。韩愈曾道："能者非他，能自树立，不因循者是也。"为了精彩地生活，少年人必须学习自立，铲除依赖，克服多处障碍，使之具有为人所认可的独立人格。不仅如此，自立的国家才会长期繁荣与发展。

立人。曾国藩说："仁者，即所谓自立立人，自达达人。"李鸿章

心灵的歌声

与左宗棠都是曾国藩的弟子，曾国藩把他们都培养为世纪之交对中国具有较强影响力的人物。从正面来说，他们都是很厉害的人物，也或许，这种教育便是"立人"吧。我看着身边送我上学的父母，明白了学校为什么要强调"自立"与"立人"了。

兴安安国。兴安即发展安全专业；安国即用所学来的知识给中国带来安全保障。煤矿安全是国家安全生产的重要内容，这充分体现了我们学校的特色，这也是我们学校的亮点，只有发展好安全生产，才能有和谐健康的社会；只有发展好安全生产，才能使国家长治久安；只有发展好安全生产，华科的明天才会更美丽。

大学的校训是一所学校的指导思想，"自立立人，兴安安国"是广大师生共同遵守的基本行为准则与道德规范，它既是学校办学理念与治校精神的反映，也是校园文化建设的重要内容，更是一所学校教风、学风、校风的集中表现，体现了我们学校精神的核心内容。

周敦颐《通书·文辞》曰："文所以载道也。轮辕饰而人弗庸，徒饰也。""道"的释义，不是道路，也不是老子《道德经》里的"道可道，非常道"那种玄而又玄的"道"，而是道德、道义、正义、伦理的意思。换成现代人的说法，就是人类良心，社会责任感。从秦朝的《秦律》到当代的《宪法》，可见法律治国是浸入民族骨髓里的。

上学期华科进行了军训、新生杯、辩论赛、元旦晚会等活动，就这样华科成为了我们成长的见证者。

我们的成长一路上跌跌撞撞，成长过程的那段蹉跎，我们叫它青春，那是我们人生中最年轻、最有活力的时光。谁的青春不迷茫，谁的青春不摔跤，谁的青春又不充满激情？

我们在校园里寻找着，寻找着梦想，寻找着未来，春夏秋冬，寒来暑往，我们执着目标，播种青春，洒一路芬芳。经历过恍惚昨日的高考的人，心理成熟了一些，尽管我们平平凡凡，也会有自己的追求，不会随波逐流。达到璀璨目标都需要跋涉。如果你觉得你走得辛苦，那就证明你在向上走。如屈原所说："路漫漫其修远兮，吾将上下而求索。"

也许你会说你累，但"天将降大任于斯人也，必先苦其心志，劳其筋骨，饿其体肤，空乏其身，行拂乱其所为"。凡是挣扎过来的人都是真金不怕火炼的；任何幻灭都不能动摇他们的信仰，因为他们一开始就知道信仰之路和幸福之路全然不同，而他们是不能选择的，只能往这条路走，别的都是死路。这样的自信不是一朝一夕所能养成的，你绝不能以此期待那些十五岁左右的孩子。在得到这个信念之前，先得受尽悲痛，流尽眼泪。大声告诉我青春就应该要这样。

如钟的校训，通向未来；如歌的青春，筑梦未来。

写给华科

朱　哲

提起 2008 年夏天，人们或许首先会想到奥运。对我而言，充斥记忆的是那个"明媚而忧伤"的六月以及随后三个月黑暗的后高考时间。一边是高考失利，一边是不想复读，于是自己何去何从似乎便没了选择。申报志愿的时候，我填上了华科的名字，不知未来将与这所学校结下怎样的因缘，心里既期许又忐忑。

六年以后，当我再次回望当时的心情，不免感到莫名的好笑。人总是这样，总是幻想着在经历一切后再回到历史中当一个先知。不过，假如我事先知道在华科的四年将会发生什么，再给我一次机会，我依然会选择来到这里。因为这四年里遇到了太多可爱的人，发生了太多有意思的故事。于我而言，这四年虽然绝非一帆高悬事事顺心，但却是如今总会不断忆起的简单且快意的岁月。从少年到青年，从幼稚到成熟，这一人生阶段的跨越是华科赋予我的。如今一别母校已有将近两年，但脑海里却时常会想要推开岁月篱笆，走到记忆门前。

刚进校门时，我还是个毛头小伙，对一切都倍感新鲜。开学不久学校社团招新，我一口气报了七个。什么学生会、艺术团、《有志青年》杂志社、英语爱好者协会、篮球协会……那会儿刚刚逃离中学魔窟，面对这样自由开放的环境，感觉浑身有用不完的能量。哦对了，我还是我们班的班长。于是那一年非常忙碌，忙于各种例会、晚会、球赛等杂七杂八的活动，虽然现在已经完全不记得当时都在具体忙些什么，但这一年下来长了不少见识，也结交了不少好友。重要的是，那些日子大家的心态都是一样的，单纯而美好。不曾忘记来华科后冬夜第一场雪，宿舍内大家欢呼雀跃，约上班内女生出门踏雪看夜景，一路欢声笑语洒向夜空……不曾忘记盛夏夜晚，路边烧烤小摊，大家总会三五结伴，举杯邀明月，诗酒歌华年。回寝室后热气逼人，多次辗转无法入眠，于是又小约几人翻墙去泳池畅游，精疲力尽后方才回去睡觉，这时暑气已退，大家好梦入眠……更不曾忘记，那与兄弟们无数次挥汗如雨的球场，生锈的篮筐还有残缺的篮网，水泥地上奔跑一起笑对的夕阳，这份情谊一直在我的身旁。

　　然而大学不是桃花源，她可以给你一时潇洒，但却无法给你一世恬然。渐渐地，随着时间一起流淌变化的，是大家的心态。于是集体性的聚会少了，每个人在适应这里的生活后开始思考自己毕业后的前途。对我来说首先想到的是考研，理由很简单——不想直接工作。这里面有着对校园生活的留恋，但更深的想法是，我要有一个更加光彩夺目的毕业证。于是我开始注意选择院校并有方向地看书。但是，每次坐在图书馆里我总会止不住地想，就为那一纸文凭而付出我两年的青春和心血，值吗!? 如果不走考研的道路就意味着要另辟蹊径甚至原地打转，这可能就是自我堕落的开始。但是，仅仅是追求文凭这一点却无法为我提供足够的动力前进。于是如此思考的悖论令我每天的学习过程都格外痛苦。这，也许就是我大学中最迷茫混沌的时候吧。

　　直到有一天我向家里打电话抱怨当天的效率又不高时，妈妈一句话触到了我敏感的神经："只需低头拉车，不必抬头看路。如果想不清楚，就不要再想了，不如沉淀下来趁着年轻多学点东西。"不夸张地说，当时的我在那种状态下听到这句话仿佛醍醐灌顶。我终于下了决心。不问收获，但问耕耘，索性不想什么狗屁文凭，也不去想是否可以考得上，就为不负青春，我也要奋力一搏！

　　几经思虑，我把考研的目标最终定在中国人民大学，然后开始了我将近两年的备考阶段。对我来说，选择一旦明确，那么剩下的事情就非常简单了，那就是努力，努力，再努力！于是，两年来我放弃了一些听

上去很不错的工作机会，也错过了一些也许很美的风景。刚开始的坚持真的很艰难，看书看到疲惫不堪的时候意识已经先行放松了，于是便不自觉地幻想着明天是不是可以美美睡到自然醒，下午是不是可以跟兄弟一起打打球，晚上是不是可以一起出去吃个烧烤喝几杯……当规律的生活持续几周的时候，我发现自己可以控制意识了，身体也在适应这种生活节奏，每天的早起变得不再困难，那些无聊的幻想也慢慢减少最终无影无踪了。然后就是漫长的积累阶段，每天按部就班地学习，周而复始地生活，直到进入十月——那是最后的冲刺阶段，也是复习过程中最血腥的日子。专业书就像隔世的仇人一样，一见面就眼红。为了保证每天能有高质量的复习状态，在不到一百天的时间里，我喝掉了整整十盒咖啡。现在回想起来，那时候的自己眼里真的只有考研这一件事情，其他什么都可以暂且不顾，包括健康。因为持续的焦虑，在临考前几天我不止一次地做噩梦，伴随着的是整夜的失眠……

虽然现在从华科毕业已近两年，但考研的那段经历无疑是我在华科最深刻的一段记忆。如今，我已经是人民大学文学院的在读硕士。每每追忆起这段往事，我都会感谢华科，感谢她赋予我这段宝贵的人生经历——从大一简单、纯粹的快乐，到大二的苦苦思索、痛苦与迷茫，再到大三的沉淀与坚守，最后大四是暴风骤雨后的云淡风轻。这种老套的电视剧情，如今却真切地发生在我的身上而变为了生活本身。这四年生活的整个过程，就是我在华科所获得的最大财富。回顾在华科的这四年生活，我深深感到，一个人在大学时候一定要有一段富有挑战性的经历，这段经历可以是与好友一起骑单车回家，可以是将一家网店经营至金冠级别，可以是打游戏打进职业联赛，可以是将六级刷一个自己都不敢相信的高分，可以是这一年做个学霸让学分达到全年级第一，甚至可以是在经历无数挫折后最终追到了自己心仪的女神……总之，这段经历一定是要有挑战的，其目标的实现不那么容易、需要付出很多努力才能获得。因为有挑战，所以一定刻骨铭心，俞敏洪称之为"回忆起来会泪流满面的过程"。对我来说，这份经历就是考研。这种经历对人生而言就像是一柄船锚，它能让我们在遇到风浪时不会左右摇摆，不会畏惧退缩。试想，今后在遇到困难时，我们完全可以用自己而非他人的经历来自我激励——再难再苦能比老子当年难多少、苦多少呢。退一步说，即便是挑战失败了，那对我们自身而言没有任何损失，因为我们本来就一无所有，所拥有的只是年轻人的激情和精神。而当我们真正经历过后，内心就会变得更加强大、自信和从容。

前些日子再回母校，看到熟悉的校园和熙攘的人群，我不禁暗自感叹"年年岁岁花相似，岁岁年年人不同"。同学们或嬉笑打骂，或面无表情，或窃窃私语，或行色匆匆，这使我仿佛又看到了六年前的自己。也许我们的人生经历终将不同，但重要的是，我们都在华科懂得担当，勇于追梦，获取成长。这些在真正步入社会之前都弥足珍贵。感谢华科，感谢在这里度过的美好时光。今后的路还很长，我们要细细欣赏。

心灵的家园　腾飞的翅膀

——记录图书馆三十年的巨变

张竣淞

　　清晨，伴着晕红的朝阳，不时有学生来到图书馆前，边背着单词边排队等待入馆。作为图书馆的工作人员，我在每天早上 8 点上班时都会看到图书馆前学生们排起的长龙。学生背单词的嗡嗡声与鸟儿的清脆悦耳鸣叫声交织在一起，便构成了图书馆门前每日清晨特有的音符。不管是谁置身于这样浓厚的学习氛围中，都会顿感心旷神怡，意气风发，一天的生活从这美妙的早晨开始。

　　8 点一到，图书馆大门准时打开，学生们有序入馆，2200 个阅览座位在开馆 10 分钟后便没有几个空位了。这个时候走进图书馆，你会看到楼道里满是背单词的学生。四楼几个靠窗的桌子早已坐满了复习考研的学生，这些抢手的座位，不仅能俯瞰校园的花草树木和行人，还能享受和煦的阳光，因此是考研学生们的首选。中午，不少学生继续在图书馆学习，为了打发一身的懒散与倦怠，很多学生伸个懒腰去报刊借阅室翻翻杂志和最新的报纸，天下事尽握于手中。下午，金黄色的阳光斜斜地照进窗，学生们冲杯咖啡或是茶，咖啡和茶的香醇在阅览室慢慢散开来，便组成了阅览室特有的气息。还有不少同学选择下午到图书馆多媒体教室听"电子资源查找与利用"的公开讲座，提升自身信息素养。夕阳西下，学生们三两结伴，来到图书馆楼下的花园中，置身于绿树草坪中，呼吸着新鲜的空气，一天的疲惫得以放松，晚饭后继续上楼学习，直到晚上 10 点闭馆。这便是图书馆一天的画面。

我校图书馆始建于 1984 年，1988 年正式投入使用，建筑面积 6551 平方米。1993 年学校改制后，更名为华北矿业高等专科学校图书馆，1998 年年底，吸收合并有色金属管理干部学院图书馆，2002 年学校升格为本科院校后，定名为华北科技学院图书馆。

现在的新图书馆是 2006 年 9 月投入使用的，建筑面积有 25 900 平方米，采用同层高、同柱网、同荷载、大开间——"三同一大"的建筑模式，外部环境幽雅、内部功能齐全，是一个充分体现人本理念、开放式、现代化的智能图书馆，深受学生们欢迎。

图书馆设有社会科学阅览书库、自然科学阅览书库、报刊阅览室、电子阅览室、多媒体阅览室等，采用藏、借、阅一体化开放模式为读者提供文献借阅服务。在整体功能上非常人性化，设有读者休息区，为读者提供图书、复印、饮食等方面服务；各阅览室均有室外阳台，供读者临时休息；多媒体培训教室、多功能报告厅、展览厅、研究室、会议室等设施扩展图书馆的功能，使图书馆真正成为了学校的文献信息中心和学术活动中心。

图书馆紧跟时代步伐，不断创新服务形式。作为图书馆信息部的工作人员，我参与到了图书馆微信平台的开发当中，近期推出了个性化服务，使学生通过手机就可以查书续借。例如，点击"查询书目"菜单就能轻松查到图书馆里相应图书的馆藏数及剩余可借数量；点击"读者登陆"菜单，输入读者证号和密码，马上就可以获取当前所借图书清单，想续借哪本就点哪本；如果读者证丢失，还可以一键挂失。图书馆微信平台一经推出，便深受广大师生喜爱，被广大师生评为"图书馆最接地气的服务"。

三十年间，图书馆各方面都发生了巨大变化，创新发展的脚步还在继续，将以更加丰富的信息资源、高效的管理、优质的服务为广大师生营造美好的知识殿堂。

新秋精神的传承

李文军

1994 年，我被母校录取了。我是村里的第一位大学生，虽然家里很穷，但好强的母亲还是执意要办几桌酒席。于是，天还没有亮，我就和父亲用木制独轮车推着百十来斤大米，到 25 公里开外的温圳镇赶集。大米卖了，酒席办得很热闹；虽然多年以后，母亲还是"耿耿于怀"，总是唠叨："那时家里穷，要不也应该和邻村的一样，放上两天电影的，唉，等你考上研究生吧！"

带着妈妈新织的毛衣，从乡下一路辗转颠簸到了南昌火车站。火车还没出江西，车厢里面连站的地方都没有了，剩下的停靠站火车很少开门。透过玻璃窗，站台上尽是北上就读的学生和送行的家长。焦急万分的他们拍打着窗户玻璃，请求里面的人把窗子打开，好让学生们爬进去。火车行驶 40 多个小时后，徐徐地开进北京站；车厢里，几个男生大声欢呼着："北京，我来了！"我也来了，华北矿业高等专科学校！

吃馒头，说普通话，适应这些后，新学期也就开始了。妈妈叮嘱过："安心学习，家里再穷，也会让你顺利地把书读完。"那时，弟弟和妹妹已经休学，开始在饭店和制衣厂打工了。要不是我是老大，并且都读到高中了，休学的应该就是我了。第一学期成绩都还好，马列主义还考了 93 分。但，最值得骄傲的还是徐卫红老师的《流体力学》课程，在大部分同学都不及格的情况下，我还考了第一名，并且比第二名高了近 20 分。

就这样，第二个学期很快就到了。五四青年节，在校电影院前，电子系学生会的同学们在义务修理单放机和收音机。上大学前我就会修理一些家电，于是我走上前问，我可以帮着修吗？当然可以！不久，在团委的支持下，我成立了校无线电协会，担任协会主席，并且聘请了霍兴华副校长担任协会的顾问。协会活动开展得很热闹，有 120 多名会员。周末请电工老师在教室给我们讲授无线电知识，特别是家电维修相关的技能。我们还从国道旁的文体商店买来了油印机，由字写得好的同学刻蜡纸，晚上大家加班油印协会资料。后来又买来了黄河 741 收音机套件，大家一起学习组装调试收音机。

毕业时，校学生会的一位同学留言："无线电协会主席来自洁净煤工程系，令人敬佩！"他或许了解我成立协会的真正原因。我对同学们说过："我们是大专，学历低，如果毕业后找不到工作的话，至少我们还会修理家电，不至于养不了家。"毕业后，作为爱好，我加入了中国无线电运动协会，顺利通过等级考试后，拥有了自己的电台和呼号：BG4IBG。

那时候，燕郊很小，但我们的校园很大。我们有燕郊地区的最高楼：博观楼。翻过游泳池北侧的围墙，就是田野和荒地。我们点火烧荒草，舀水捕野鱼，快乐使我们都忘了什么是"乡愁"。学校位于北京的东边。周末三两个同学一起，早上从食堂买上馒头塞入书包，一路向西就是北京城了。我们去西单音乐厅聆听免费的音乐讲座，去北京大学的地摊上淘上几本书，再绕一绕古城墙，听着鸽哨声流连于胡同小院。华灯初上，在八王坟等候 930 路公交车的时候，看着国贸附近的流光溢彩，不禁憧憬：北京是世界的，北京是中国的，北京也是你和我的。加油吧，青年！

又一个五四青年节，我被评为"煤炭部直属机关优秀团员"，又在杨丽新老师的推荐下加入了中国共产党。记得当时老师问我为什么入党，我说："党组织是我今后服务人民，奉献社会的最好平台。"算是年轻时的承诺吧，此后我一直努力地践行着。紧接着就要毕业了，毕业时的心情和打算都记录在给父母的信件中。信是晚上独自一个人在无线

电修理部写成的，洋洋洒洒写了 20 多页。信里，我告诉爸妈，我可以像小说《平凡的世界》里的孙少平一样，去煤矿，下矿井，甚至可以去遥远的新疆，无论多么艰苦，我都一定会像孙少平一样，活出自己的幸福和精彩。信，写好了，但并没有寄出。所以，信反而保存了下来。直到现在，当我茫然若失的时候，总会重新"拜读"一下二十年前自己的"大作"，读时似乎又回到了以前的自己，信心满满，踌躇满志，重拾母校给我的自信。

毕业后，我没有下煤矿，也没有去新疆。在洁净煤系吴大为主任和孙秉发书记的推荐下，我被分配到中石化山东胜利油田工作。背着睡了三年的被子，带着三年前妈妈织的毛衣，踏上了开往山东的列车。因为母校给予我的太多，这种偏爱，怎容得我有一丝停歇。在胜利油田工作的六年当中，我从未让毕业于名牌大学的研究生、本科生们轻视过自己，尽管我是来自华北矿专的大专生。继续一路向前，2003 年，我再次来到北京读书，博士毕业后，母校再次接纳了我，我有幸成为了一名大学教师。

二十年过去了，校园外的荒地上建成了座座高楼，田间小路也变成了宽阔的大道，当年我们捕鱼的小水洼也变成了"夏威夷"的天鹅湖。从潮白河桥上再也看不到我们博观楼的雄姿了。但二十年来，和祖国一样，母校在教育事业上取得了非凡的成就。

老师们有的已经两鬓斑白。当站上讲台的时候，我触摸到了传承。这份传承，于我更须用心，因为这是我的母校。当年毕业的时候，班主任李满老师给我的毕业留言写道："……今后在杰出人物的名单中，若有你的名字，那将是我的骄傲。"我还在努力！

母校正值而立之年，却已桃李满天下。她，犹如新秋时节校园内银杏树叶的金黄，满含着浓郁和智慧。

一腔相思凭谁诉

孟凡宇

李清照的《一剪梅》中说："一种相思，两处闲愁。此情无计可消除。才下眉头，却上心头。"

思念是一种奇妙的感觉，让人心痛但是却欲罢不能。曾经以为，时间可以带走一切，午夜梦回，却发现，那些我以为会随时间消逝的种种，依然存在我的脑海里，更已经融进我的血液，刻进我的骨髓。那些我们天真地认为已经遗忘的誓言，早已深深地刻在心底，模糊的记忆，清晰的感觉，如影随形。

时间的沙漏没日没夜地流逝，流走的不仅仅是时间，更多的是留在心底的那份深深的思念。那一抹思念，就像致远楼里上上下下的电梯，承载了太多的欢声笑语；那一抹思念，就像食堂里的饭菜，说着不想念，却依旧在回味；那一抹思念，就像图书馆书架上陈列的书籍，密密麻麻，抽出一本，就再也停不下自己想要继续的心情。

时间依旧在沙漏里流淌，没有任何留恋。把沙漏倒过来，想象着时间也能像这沙漏一样，倒转乾坤。清晨的华科，泛白的天空，稀疏的星光，年少的我，殊不知，就这样度过了人生中最美好的时光；宁静的图书馆，喧闹的运动场，热闹的大礼堂，竟不觉，已留下了四年的足迹；记忆中的粉笔字，厚厚的笔记本，泛黄的老照片，不经意间，都成为了四年时光的见证。

站在异乡的大地上，幻想着在那个满是绿茵的学子林，倾听着自己对你的诉说，暖风温柔地抚摸着皮肤，这不是一个梦，是一个美好的现

心灵的歌声

实。我在自己给你编织的美好的梦里，越陷越深，直至无法自拔，在你的世界里，我毫无预兆地迷失了自己。

魂牵梦绕，时间的沙漏流走了一切，却带不走自己对你深深的思念。在这个特殊的日子里，我回到这里，追寻，追寻着有你的世界，追寻着你的方向。你依然在那里，微笑着向我招手；我的心，依然为你所动。

（谨以此文献给我的母校华北科技学院，人文学院外汉 B081 班孟凡宇写于印度尼西亚。）

印象华科

吴香君

"三十而立"，顾名思义是指："三十岁人应该能依靠自己的本领独立承担自己应承受的责任，并已经确定自己的人生目标与发展方向。"简单一句话，三十岁，人应该能坦然地面对一切困难了。同样，三十岁的华科以她应有的姿态迎来送往，历经风雨，实验中学走过了漫漫三十载春秋。时光如水，生命如歌。三十年的风雨兼程，三十年的求索奋斗，三十年的不懈追求，三十年的呕心沥血，铸就了华北科技学院今日的辉煌。

印象华科——图书馆

这里是学校最受欢迎的地方，这里也是学校最安静的地方，来到图书馆总是让人心生平和，不由得放轻匆匆前行的步伐，在一排排整齐的书架前放下了尘世的喧嚣，在一缕缕书墨香气里渐渐定下飘忽的思绪。八年的时光，这座楼在它最美的时光里，成就了一批批莘莘学子的梦想。考研来袭，门庭若市的图书馆用它宽厚的胸怀容纳着每一个人，一卷卷藏书为华科学子夯实知识；考试将近，优雅的学习环境，宽松舒适的桌椅，为每一个考生带去安逸，让华科学子在知识的海洋里肆意挥洒。

而立之年的华科是条河，也许并不湍急，也许并不浩大，却能三十年如一日涓涓而流，不废不弃，哺育他人，恩泽四方，成就自己，扬帆远航。

印象华科——学生食堂

饭菜飘香，三五成群的学生簇拥着来到食堂，各式各样的菜品色香俱全，如今的学生食堂早已经由"做什么吃什么"转变成了"吃什么做什么"。现代化操作管理，既卫生又营养，更有特色窗口，卖相极好的招牌菜每每令人垂涎欲滴、回味无穷。来自五湖四海的同学们钟情于食堂师傅的美食，流连忘返。干净卫生的餐具，整齐舒适的桌椅，良好的就餐环境让同学们赞不绝口。

而立之年的华科，在细微之处见真心，用它一点一滴的改变温暖着我们的心，铭记着我们的荣辱与共，镌刻着我们的喜怒哀乐，承载着我们的星火相传，记录着我们的茁壮成长。

印象华科——学生公寓

走进华科，干净明亮的学生公寓里，笑声朗朗，寝室是在外求学的学子们最温暖的港湾。来自天南海北的几个人第一次相聚在一间屋子里，一起生活，形影相依。在这里我们遇到一生的挚友，不是亲人胜似亲人。三十年的风雨洗礼，原本拥挤窄小的学生公寓早已不复存在，取而代之的是现代化的设施，便捷温馨。

而立之年的华科，似一位慈祥的母亲，用她的手抚平我们眉头的哀愁，往事如烟，红紫成尘。倘徉于思维阳光中，沿路采撷着或淡或馥的馨香。听书声琅琅，看窗外云卷云舒，华科的明天阳光依旧。

印象华科——运动场

走在校园大道上，两旁整齐的小树夹道列队欢迎着你，左看，平整的篮球塑胶场地，林荫小路，一排排的乒乓球台，自然地浑成一个个风景亮点。平敞宽阔的足球场、高处耸立的看台迎接着你的到来。夏夜里，操场上空繁星点点，绿茵草地上同学们席地而坐，开怀地嬉闹，塑胶跑道上，散步、锻炼的人们精神饱满，一派祥和。而立之年的华科用它的宽厚包容了所有人的任性和成长。

初春的校园，万物开始苏醒，一草一木都诉说着校园三十年的变迁，倾诉着校园的巨变。这让我们感动，使我们欣慰。三十年的历史，沧桑巨变。忆往昔，我们教学只靠一支粉笔，一块黑板。看今朝，高科技的教学给学生们带来优异的成绩。微机室里，学生们正在认真学习高科技技术，办公室里老师们在网络上查询着教学资料。而立之年的华科，展现给我们的是三十年的无限风光，三十年的涛涛声响，三十年的荣耀共享。

三十年，华科的恩师用舒缓的语言敲动神游万仞的心灵琴弦时，没有暴雨却一样能洗净天空；当他们不厌其烦遍遍讲述时，苦恼的乌云也会被接踵而至的耐心的风儿吹散；当他们苦口良劝浪子回头时，失望过后依旧会背起唠叨灌溉今日的荒田；当月朗星稀，倦鸟安然于巢，而他们挺了一天的背也隐隐作痛时，办公室的灯总会为几个迟来问问题的学生重新亮起……而今，昔日的幼苗，已成参天大树；未来，今日的桃李，行将万里飘香。

华北科技学院，一个走过了三十年光辉岁月、历经三十载薪火相传，不断发展和变革的学校。她以美丽的教学环境，先进的办学条件和浓郁的校园文化氛围，受到社会各界的称赞，更有"自立立人、兴安安国"的校训。她如同一颗璀璨的明珠，闪耀在燕郊这块沃土上。岁月如歌如诉，历史经久弥珍，让我们铭记华科，永远不忘那些永远镌刻在历史记忆深处的感动和辉煌。

三十年，弹指一挥间。我们无怨无悔，只因我们选择的是华科，只因我们是华科人。昨天，我们缔造辉煌；今天，我们成就梦想；明天，我们放飞希望！三十年薪火相传，生生不息，三十年校庆对我们来说，是站在一个新的平台上展望未来，在新形势下，我们将以饱满的精神状态和满腔的工作热情迎接新的挑战，努力提高自身的思想道德素质和业务水平。我们要在学校现任领导班子的带领下，增强主人翁责任感，在继承中求发展，在改革中图创新，紧抓课堂教学这一主渠道，一切为学

生的成长服务，携手共建绿色的人文空间，精心打造人性化的和谐校园。

犹记得《项脊轩志》里一句话："庭有枇杷树，吾妻死之年所手植也，今已亭亭如盖矣"，虽不恰当，但每看到华科的一草一木，总会感叹，时光飞逝，礼堂里身着学士服的前辈们依稀就在昨天，梧桐树下悠闲自在的闲散还在继续，致远楼前老师的轮滑鞋还在自由旋转，篮球场上汗水打湿你的记忆。三十年，华科默默地讲述着自己的故事，书写着自己的历史，一点点开始成长。而立之年的华科，愿你远走越好。忆往昔，桃李不言，自有风雨话沧桑。看今朝，厚德载物，更续辉煌誉四海。

漫　步

张晓宇

　　在时光的流淌中，我已经在这个承载我的生活的校园里度过快七年时间了。在这里，我追求着我生命中动人的章节，谱写出自己走向成熟的小调。而在蓦然回首时，我惊奇地发现，这里已经成了我生命中另一个重要的地方，许多种情感在心中荡漾。

　　依然清晰地记得第一次走入这里的感受：并不起眼的教学楼、嫩青的草坪……郁郁葱葱，周围都是些青春年少的人，一切都充满了年轻的活力和生机。现在校园的一切都变得熟悉，好多地方都留下了我的足迹——或者快乐，或者忧伤。

　　我很喜欢博观楼前面的喷泉和绿化，特别是在五一节前后。在这个季节里，博观楼左侧公告栏边的那株桃树早就开过了，"人面不知何处去"，桃花已经不怎么笑春风了，剩下的只有些落红、落粉无数。而那些苍翠的松柏，正绽放着新芽，嫩绿嫩绿的，那种感觉有点像再次回到江南，在我成长中铭刻的浙大校园，一草一木，一夕一雨。当然那个喷泉造成的湿润空气才是我灵魂深处的传感。

　　在上完晚课回去的途中，走在博观楼前的路上，一个人仰望校园的天空。喧闹了一天的校园也静下来了，月亮圆圆的挂在天空，星星却不怎么明亮，那时就突然想起了故乡的月夜。一切都是那样的静谧，只有青蛙、蝉和晚归的鸟在山间小吵。我望着满天星辰，心中是那样的心旷神怡。如今这些已离我远去，在校园中找到点儿这种感觉真是不易。心情不是很好的时候，漫步在花木间，还是能体会到一点点"春江潮水

连海平，海上明月共潮生"的意境的。

如果你说是校园的美丽让我陶醉，我却说不是。如有景而无"学"，索然无趣。有学而无景，无海纳百川，无虚怀自然，意境就在读书。而今再倾听着沙沙的笔声和哗哗的翻书声，是给这些青春年少一如曾经的我的学子们"传授"。大学之道，在明德，在亲民，在止于至善。我之"明德"，一在授人以业，二在学问终身，已再无戏改。

记得哈佛大学中流传着一句名言：大学的荣誉，不在于它的校舍和人数，而在于它一代又一代人的质量。我想这句话才是真正的一个学校的内涵，今天我们是同一个学院的人，明天，我们应该让学院因曾经哺育过我们而感到欣慰。我和这些学子们都有责任和义务去完善自己，去诠释自己，去施展才华，去绽放青春，去演绎梦想起飞，而当多年之后再回首时，会发现这里也是我们生命中重要的一部分。

流动的风景　永恒的情结
——致华北科技学院三十年校庆

张　勇

阳春三月，正是万物复苏的季节。在人们的翘首期盼中，春姑娘姗姗来迟，好风如水，新绿绕枝。燕郊的春天总是比别处要迟些、短些，当人们还陶醉在满树桃花怒放时，夏天的气息已然清晰了。

而当你走入华北科技学院，春的气息仿佛延长了——800余亩的校园里，春发碧草如茵，夏则繁花似锦，秋开霜叶傲菊，冬有绿树长春，真是"长恨春归无觅处，不知转入此中来"。春天，当我漫步在林荫大道上时，我的心充满着愉悦；夏天，当我在树下憩息时，我的心如饮甘露；秋天，当我徜徉在乳白色的走廊里时，阵阵花香扑鼻而来，沁人心脾；冬天，当我驻足于黄绿覆盖的草坪中时，我的心又不时被校园的庄严所震撼。

是的，华科给人的感觉是三春似锦，活力洋溢的。闲暇时读辛弃疾的词："惜春常怕花开早，何况落红无数！"可在这里，虽然也有残红满地、落英缤纷，但却没有春尽迟暮、风凋碧树的感慨。你看：迎春花刚吐出嫩黄的蕊，樱花已迫不及待地迎风初绽了，走在树下，偶有轻风吹过，那发丝上、衣襟间在不经意中就沾染了一抹浅红，自在飞花轻似梦，让人颇疑置身人间。还没待你细细品味这番意境，信息楼前的桃花、学子林里的杜鹃花亦已洋洋洒洒、热热闹闹地相继怒放了；白色的蔷薇在德慧楼小停车场边开成了两堵花墙；紧接着，幽雅的野百合，灿烂的夹竹桃、柔韧的藤萝以及美人蕉、大丽花也相继抽丝吐蕊，争先恐

心灵的歌声

后地展露丰姿——好一派百花争艳的盛景。可这一切似乎还不够，忽如一夜之间，清香玉兰也悄然登场，当你在雨丝中，在月夜下，信步校园，忽被那一股股似浓似淡的幽香所陶醉时，蓦然抬头一看，学子林的玉兰已是繁花满枝——在那些细碎的绿叶里，洁白的花瓣调皮地探出头来，仿佛随风翩翩起舞，香气就是从这一片花海中洒下来的，洒满了整个校园，洒满了你的全身……

华科的校园是美不胜收的百花园，就连校园里栖息着的动物也是那么的独特：别的地方喜鹊大多是灰黑色的，可华科的喜鹊都是蓝灰色的，美丽的羽毛泛着光泽，个头硕大，喳喳地在三米高的枝头上叫着、闹着，一点儿也不怕路过的行人。还有那体型微胖的成群麻雀，在校园各处的草坪上、道路旁啄食。有人经过时，它们只是轻轻跳开，为你让路。它们静静地生活在校园里，学校里的良好植被为它们提供了优越的生活环境。尽管校园里熙熙攘攘、人来人往，但没有人打扰它们，更没人捕捉和威胁它们的生命，它们不用像校外的麻雀躲闪、奔波，做一只华科的麻雀平平淡淡地生活也是一种幸福。

真是充满了诗意的华科啊，不由使人感叹：还有比这更美的情景吗？有，当然有！登楼俯瞰，你看——规划整齐的中部教学功能区、北部学生宿舍区、南北两个教工宿舍区。扑人眉宇的翠绿，华科美景一览无遗。来自29个省的1.7万名本科生、研究生还有来自十余个国家的留学生，聚集在美丽的华科校园里。田径场中、学府路上、学子林中，学生们迎着晨光在晨练；各个教学楼里，图书馆中，草地上，树荫下，三五成群的学生，他们或是研做习题，或是朗读外语；第二课堂活动丰富多彩，有舞蹈、绘画、管乐、轮滑、自行车、外语、杂志、话剧……名目纷呈，学生们参加自己喜爱的协会、社团，欢声笑语充满了整个校园，这不也是一道流动的风景吗？

学生们来自五湖四海，以后也会去向不同、情况各异，但是，我相信有一点却是相同的：他们不会忘记自己的母校，华北科技学院会像磁石般吸引着他们的心，让他们记忆的*丝丝缕缕萦绕在华科的土地上，萦*

绕在那致远楼广场，在那图书馆前的草地池影，在学子林的花丛树下……潜心育苗新林成，留得桃李满园芬。从华科走出的学子们，就业于各种岗位，看到他们一天天成熟、事业有成，怎能不让人从心底感到由衷的欣慰呢？这是华科人永恒的情结啊！

青春三部曲

孙　琳

三十年，似长，亦短。它像苦茗需要慢慢品尝。华科人用顽强的拼搏精神和信心，努力地改变着，使母校茁壮成长。

四年，亦甜，亦苦，这是我守着母校的时间，我用四年感受了母校三十年的魅力，欢乐与泪水，繁荣与改变，成长和母校都紧紧交织在一起。

葱郁、嘈杂、北京六环外，是我初识华科的印象。转眼，四年。转眼，将要离开的那个变成了自己。想到了自己走进学校走进宿舍的光景，从走进学校的那个所谓北京卫星城的燕郊小镇就开始后悔，后悔为什么会选择这里，好像持续了很久，可是后来还是安稳了，还是爱上了这里，还是有永远割舍不掉的牵挂。记得踏进校门的那天，蓝天白云，一切都轻描淡写，但却是自己与这个大学不凡的开始。不必感叹时间的短促，也不说时光变迁，只是眨眼就到了该说再见的时候；记得初识同学，大家来自四海，却结下了最真挚的情感；记得在教室上课的情景，那时单纯地觉得只要努力一切就都有希望。

偶尔看到自己旧时日记里模糊的字迹："一切都是新鲜的，一切都是美好的，我期待自己奇妙的大学生活，一个月过去了，姐妹相亲相爱，喜欢这样的日子。——2010 年 10 月 11 日于宿舍"

而今这里的一切，自由肆意地涂染着空气，都幻化成美丽。

走进象牙塔

和许多人最初的梦想一样，大学就是美好的象牙塔，似乎可以任由自己书写未来，可以不计代价地做自己想做的事，可以不用对着书本作业披星戴月。我也是这么憧憬的。我的象牙塔是华科。入学，总是纠结学校的归属地是哪儿，尽管这个问题有着坚不可摧的答案，当同学问起我时，还要倔强地强调"我在北京东燕郊上学"。

象牙塔里的故事就这样开始了，课业一定是这大学生活里浓墨重彩的一笔。从来数学不好的自己，以为这个专业能躲过这一劫，巧了，高数，这是一门比数学还要高级的学问，因为更难。记得两年的高数，都是刘海生老师教的，大学课程繁多复杂，老师也常常更换，很少有老师能陪着我们走的远，可刘老师一陪就是两年，也就是让我阴魂不散有两年。说实话，从小就是个乖学生，所以上课也是最认真的，因此我的"处女睡"就献给高数了，清楚记得我眼睁睁地看着刘老师从高大的红衣身影到变为一条缝直到随着眼皮的关闭完全消失的状态。大家都知道刘老师单调严谨，这从他日常不变的红色外套可以看出。他还很严厉，迟到进入教室都是要扣学分的，这在大学里可算是魔鬼制度。所以就出现了高数课前疯狂赶在铃声前占座的情景，后来也没有哪门课有过这样壮观的景象了。好在自己幸运地度过了这一劫，所有学期的高数成绩均光荣过线。时常会想起数学，可不是害怕，而是淡淡的想念，怀念自己痛恨数学却拗不过自己为考试傻劲琢磨它的状态，那么记忆犹新。其实哪里还有恨，怀念就是一种爱了。我想此刻，刘老师还是穿着标准的那件红外套对着赶在铃声后进入教室的同学说着："迟到了，要在平时成绩里扣分！"

争当文艺青年

在华科，我完成了关于文艺的所有梦想。

入学开始，早有耳闻的大学社团为我的大学生活开启新的火热。在学长学姐的热情拉拢下，我进入学生会文艺部，一个重要原因就是我有个舞台梦，虽然之前也参加过演讲、舞蹈的演出，但我认为大学的舞台一定有之前体验不到的精彩。后来发现，文艺部里帅哥很多，更加坚定

了自己的选择是多么的明智，过了一把文艺青年的瘾。每次筹备晚会的时候，就是生活颠倒的世界，白天排练，晚上为了考试贪黑啃书。我们部的排练地在主教学楼的地下室，那里潮湿阴冷黑暗，怎么会想到就是在这样简陋的环境下我们为大家呈现了一场场近乎完美的晚会演出。现在不必再去地下室了，可那里有种莫名的亲切感，有自己默默为节目辛苦排练的身影，有每日奔波于教室和地下室颠倒的日子，也有舞台上闪耀自信的自己。其实，那种充实的忙碌叫幸福。我们的第一场晚会有个很好听的名字"梦想起航，青春飞扬"，正如在华科，开启我的舞台梦想之旅，承载着我关于青春多彩的梦！

与青春有关的日子

大学里躁动的不仅是关于梦想自由的心，还有与青春有关的日子。

我们经不住吃的诱惑，偷偷在宿舍办起了火锅宴，被宿管阿姨发现后残忍地没收了我们从大四学长那里一元收购来的袖珍火锅。

我们经不住帅哥的诱惑，不到一个月基本洞察清楚了学校方圆数公里以内各系的长得出色的男生，并酌情付出行动。其中，有我勇敢要电话的街舞男，有我仗义相救的QQ男，还有模特队如同韩剧帅哥的八五男……此处省略后续故事详细发展。

我们仗义，课上一个人肩负着模仿不同声音为姐妹点名的重大任务。

我们嗜睡，竟然宿舍集体忘记了上"最难应付老师"的课，默契地安稳睡到昏天黑地。

我们快乐地伤感着，其实如此疯狂只是为了让大家深深印在彼此心里，因为懂得也许曾经天天见面的伙伴往后相见一面也是最奢侈的。

……

与青春有关的日子，与母校相拥的日子，我们肆无忌惮地笑着、哭着、快乐着、苦恼着。在这个值得留恋的校园，好想多收藏一些美好的青春情节。其实大学，远不是楼群的简单拼接，也不是知识的简单传接。它的一棵树、一朵花、一块石头，都应该有自己不同的故事。这里不仅是我们学习的地方，也是把我们的青春留住的地方。

喜欢《半夏纪念》里的一句歌词："告别，是另一种体验，让我更加了解，没有人说再见。"

这些光芒的日子，一起同母校的三十周年被永久地纪念着……

你是我遇见的又一个海绵宝宝

孟广玉

屋内，一杯清茶，一支钢笔，窗外，还有一轮清寒的月，这样的夜里，我想起了你……

是谁说过：茫茫人海，每一次遇见，都是一场美丽？想来，这尘世间，最美好的友情，莫过于相见恨晚。也许，流年清浅，没有人会握得住天长地久，然，念在心头，放在心间……弹一曲高山流水，吟一阕莫失莫忘，收藏点点滴滴的快乐，把它打磨成生命中最珍贵的时光，你若安好，我便晴天。喂，某某，如若你愿，就让我们在这盛世光年里，相约一场山高水长。你唱，我和；我诉，你听，共赏花开花谢，共看云卷云舒，共吟轻风晓月，共享快乐感动。半阙暖香，共一场萍水相逢。

一直相信，每个人的内心深处，总有一处多感，或为一朵花，一滴雨；或为一句话，一些人，而这些人，就在不经意间，于流年的某一刻悄然走进你的世界。从此，你的生命中，便多了一份默然相伴，寂静喜欢。一种缘分，没有约定，一眼遇见，相见恨晚，多次交心，更加依赖……世界上，有一种友情，叫在乎；有一种相惜，叫懂得；有一种语言，不必出声，却字字心声；有一种依赖，不必直说，却是心脉与心脉的交融。

假如人生没有这样一场遇见，我依然是我，那个喜欢寒凉，习惯伤感，一个与忧伤有染的姑娘。假如人生没有这样一场遇见，我依然是我，那个喜欢蓝色，争强好胜的女孩。假如人生没有这样一场遇见，我依然是我，那个多感，习惯愁眉紧锁，一个在云南用文字浅唱低吟的姑娘。可是，缘分就是如此奇怪，在年华的山水间兜兜转转，几个拐弯后，将你，那个热情的朋友，带到了我的生命中。

红尘渡口，久别重逢

他们说世间所有的相遇都是久别重逢，或许这句话是对的，要不然，遇见你时，我怎会感到那样亲切呢？就像两个多年未见的老朋友般，我们之间，久别重逢……

这世间有种遇见，不在路上，而在心里。是呀，好在我们没有错过，多好，虽然相遇时时间有些迟了，可是，那种心灵上的契合，是不分早晚的，这个路口，遇见你，已经是一种幸福！

温暖有约，一见如故

这是一场女子间的相逢，这是一场不曾错过的花开季节。

那日，我轻轻走近你的空间，看到你新发的状态……在你的空间里，我看到了自己的影子，伴着那一滴滴的雨声的旋律，心底，有些感慨。他们说海绵宝宝很快乐……是阳光底下最明媚的天使，是啊，在我眼里，你又是一个海绵宝宝，靠近，即是温暖……风有风的漂泊，云有云的心事，不去问你的过去，亦不去提及年华的青涩，我只愿参与你的现在，与你，一路向阳……红尘有缘，一支遇见的歌，辗转经年，终于将我们连在了一起，从此，我愿，跟随你的脚步，细数温暖的瞬间，从此，我愿，与你同在，将温暖进行到底。就算不朝朝暮暮……

天涯路远，且行且惜

我们之间隔了千山万水，因为缘分，我们相遇，因为相遇，我们懂得，因为懂得，我们在乎，因为在乎，我们一路相惜。

我最喜欢的才女林徽因说过一句话：记忆的梗上，谁不有两三朵娉婷，披着情绪的花，无名的展开……是的，自从遇见你，我的记忆的田埂上，便种植了一株花，在七彩的光芒下，慢慢绽放，它以遇见为名，以相惜为茎，以温暖为叶，灿烂地开放。

喜欢一种朋友，可以做到云淡风轻，喜欢一种朋友，行走在时光里可以优雅从容，喜欢一种朋友，遇见，便可感受到春天的柔和，心暖如

玉。此间年华，遇见你，是我不曾错失的风景。

我们之间，没有天长地久的约定，有的，只是一路行吟，一路相惜的奢求。天长地久太遥远，永远不离太荒唐，所以，就让我们在缘的路上，且行且珍惜。

你知不知道，你是我遇见的又一个海绵宝宝，灿烂明媚，我在这样的夜里，念起了你，心底，满满的，都是暖，你可知道？

心宿华科

——记华科三十年

祝 琴

  时光的静谧，悄然流淌，转眼之间，我已经在这个承载我单纯梦想的校园——华北科技学院里度过了快四年的时间了，在这里，我追求着我生命中动人的章节，谱写出自己走向成熟的小调。而在蓦然回首中，我惊奇地发现：这里已经成了我生命中另一个重要的地方，许多种情感在心中荡漾……

  依然清晰地记得第一次走入这里的感受：美丽的喷泉，高耸的教学楼，幽静的学子林，有魅力的图书馆，还有图书馆前嫩青的草坪——郁郁葱葱，一切都充满了年轻的活力和生机。学校给我留下的另一个感觉就是有魅力！记得刚开始的时候，最怕的就是自己去上课。偌大的校园，一脸的茫然，却找不到上课的地方，而今想想那份纯真的感觉，依旧觉得温暖。现在校园的一切都变得熟悉了，好多地方都留下了我征程的足迹，或者快乐，或者忧伤。

  有着三十年历史的华科，文化底蕴很是浓厚。徜徉在这里，可以感受到一种别样的韵味流露。我很喜欢华科图书馆，还有图书馆前面的雅致的环境。特别是在盛夏的季节里，在图书馆里看书倦了，可以随意漫步在图书馆前的林荫小道上，喜欢在落日的余晖中，坐在长凳上，一个人仰望华科的天空，整理思绪，思考未来。那时喧闹了一天的校园也静下来了，太阳也慢慢地收敛热情，一切都是那样的静谧……深蓝色的天空也慢慢变浅，袅袅婷婷，绰绰约约，光和影有着不同的旋律，那朦胧

中露出些清丽。用眼睛装满天空的蓝，心中是那样的心旷神怡。

如果说美丽的校景让我陶醉，那么，学校里蕴含的活力就让我为之不断地进取和努力。课堂上，老师用他们最渊博的思想给我讲授着知识的内涵。让我们心中满载着无比充实的愉悦——管理老师的睿智；高数老师的敏锐；舞蹈老师的优雅……这一切的一切都激励着我们学习。如果说知识是课堂和内涵结合的结晶，那么图书馆就是我们不可缺少的一个精神家园。没有课的时候，喜欢到那里去消磨时间，在文学库里，徜徉在古今中外的时光隧道中，摄取着文学殿堂的宝物；在社科库中，学会在沉思中寻觅哲理的深奥，然后用一种全新的感觉去充盈生活。心情慵懒的时候就到自修室去找一个靠窗的地方坐下，看着阳光射过透明玻璃的样子，耳边倾听着轻轻响起的沙沙的写字声和哗哗的翻书声，给原本散乱的心注入了无限的振奋，于是也就在不自觉中投入这个队列中开始努力地学习。

时光飞快地流逝，恍然之间我可爱的华科已经过了三十个春秋。我犹如一个不安分的灵魂，试图在她的身上、她走过的历程中，寻找到生命的内涵。于是我沉吟，探索，寻觅。终无结果。现在我终于知道，她的脚步，远远不止我这四年的猜想与揣测，那已经聚集了三十年的风尘，汇集了一身我无法想象的魅力！

今后的日子里，我们将遍布祖国山河，世界各地，但我们依旧会感受到母校的辉煌与魅力。大学时光是短暂的，也许就是因为它的转瞬即逝，在华科，我们走过了不能忘怀的青春岁月，让我们相信，在今后的路上，无论我们走多远，飞多高，华北科技学院永远是我们心灵的归宿！